将名字写于水上

江苏凤凰文艺出版社
JIANGSU PHOENIX LITERATURE AND ART PUBLISHING, LTD

图书在版编目（CIP）数据

将名字写于水上 / 梁寒衣著 . — 南京：江苏凤凰文艺出版社，2018.2

ISBN 978-7-5594-1583-7

Ⅰ . ①将…　Ⅱ . ①梁…　Ⅲ . ①散文集—中国—当代
Ⅳ . ① I267

中国版本图书馆 CIP 数据核字（2018）第 024363 号

书　　名	将名字写于水上
著　　者	梁寒衣
责任编辑	张　黎
出版发行	江苏凤凰文艺出版社
出版社地址	南京市中央路165号，邮编：210009
出版社网址	http://www.jswenyi.com
印　　刷	苏州越洋印刷有限公司
开　　本	880 × 1230毫米　1/32
印　　张	7
字　　数	120千字
版　　次	2018年2月第1版　2018年2月第1次印刷
标准书号	ISBN　978-7-5594-1583-7
定　　价	39.00元

序

自画像——黄昏之悸

梁寒衣

之一·三个面相

一段声音与问号，溃灭与绝裂，挣扎与质疑的时光——质问命运与责任，现象与意义，生存与意志……质问此时此际渺茫的姿势以及痛苦熬炼的价值。

那样沉重倾轧的黄昏，也是收割者与食薯者的黄昏。花朵缄默孕育着果实，缄默承载自身的重量。一个勇敢、自傲、信心与成熟的黄昏。

三个黄昏，神秘构筑作者的形貌。

“十分奇特……你的人与作品，如许地不同！”经常地，朋友们讶异地说。

华严诸相，无非仅是同一血脉的歧异支流。我深深了解，他人所见到的，只是第一、二个我，与第三个我的不同——一个平和沉静生活、修持的我，与另一个叛逆操危、小说构设的我，各自倾力奔驰于一己的极限。

之二 · 石岩之珠

数千个黄昏，如石钟乳下慎独的水珠，一滴，两滴，三滴，四滴，五滴……悠长而执拗地，缓缓于石槽间，凿蚀、凝聚了一汪幽邃酽烈的"石岩之珠"。在创作十年，有了四本小说著作之后，这部"石岩之珠"，回射着作者的三个面相，清澈而难以闪躲地，呈现于读者眼前。

横亘十个寒暑，这串"石岩之珠"，与其定名为一本风格、形式完美、和谐、工整、匀称的散文集册，毋宁更该视为麇集于作者体内阳性与阴性的矛盾、分裂、对话和舒展。它并不类于任何我们曾经展读的散文扉页一般，标示着单一的性别、作者，统一与谐仗；而更肖似于一个男子与女子——一名顽颜傲骨的书生，与琴音幽渺的女形的联合书写：其间，诗情与雄辩，嶙峋与纤丽，幽玄与昂亢，清隽与陡峭……相互激荡、酝酿，互为作品的音声与旋律。

因了这个缘故，付梓之初，曾经认真考虑过，将石槽一剖为二，分为两册，将阳性归于阳性，阴质归于阴质。几经思维，却宁可诗文琴剑、头颅肝胆共冶一炉。以为唯有三面叠映，两极并列，才是作者真实的形貌。但凡仅喜红颜，或徒爱男形的，皆非真正的知音。

而之于一个孤遁潜隐、罕与人接的作者，这部“石岩之珠”的问世，应是留予知音的吧。

是为了那些认真阅读我的小说且真诚喜爱着其中某些篇章的少数知音，所勉力完成的作者补白及纪事。之于另一群始终无缘结识我的小说，或阅读而难以理解的读者，这本集子，或者，是另一种介入与联缀的方式。另一块更为清宁简易的叩门砖。

这个黄昏。书序与题跋的黄昏。在数月沉寂地掩关修行之后，再度面向文字与文学，平静的心头竟有了微微的颤悸与迟疑……

冬日最后一丛百合正于案前皎然怒放。我瞥视着尘封一侧的黑布剑囊——自从搬离蛰隐十年的小屋，来至这座芒花与棘草遍掩的山间，我便不曾再启开过这只相佐十载的剑囊。像是一种掩埋，孤意以经卷伽蓝，割舍生命与文字之间的骨血深情。

囊袋上的痕纹依然。我抽开剑鞘，心中缠绵流过一段楞严经偈：

> 汝负我命，我还汝债，以是因缘，经百千劫，常在生死。
>
> 汝爱我心，我怜汝色，以是因缘，经百千劫，常在缠缚。

于一九九四年十二月十五日昏暮

目录

云钵

微草

旅人

心魂

华严

华严诸相，影沉影落……

生命的面容，浓浓浅浅，于遥迢长夜中，氤氲成一卷悲欣交集的水墨长轴。

我在水墨图卷中，观想犹在死生痴爱中缘起明灭的一己。

是怎样的无明囚系？那惑美、耽美的心竟如巨木虬结的根茎，斫而复生，难以灰灭！

花魄

我有两只香炉，一只泛着苍青的铜绿，底座镌着“大明宣德年制”，来自马来西亚一爿古旧的铺子。那里，海风与咸味日日腐蚀着弯曲的门匾。人的脸上现出灰尘的影子，含着某种质朴、友善而沧桑的神色。我读着他们的表情，宛如读着一组组为生活掳获、曲压、刨平、锉光、拼贴的石像砖群。

另一只香炉，泛着尚未上釉的粗陶惯有的沉着泥色，周身缭绕着一层层长瓣莲华，底座伸开两枝因风绉面的莲叶。朋友自莺歌一堆废弃的陶瓦残冢中拾得。因我一向酷好莲荷图纹（不管是绘画，或镌刻于任何的图卷、器皿、箱笼、服裳上的），于是，便以此结缘。

我将香炉供于佛前。于我阅读、闻经、思维、跏趺的时候，袅袅的线香绕着阒静的室内浮拓成一幅烟云水墨。

我在水墨图卷中,观想犹在死生痴爱中缘起明灭的一己。是怎样的无明囚系？那惑美、耽美的心竟如巨木虬结的根茎，斫而复生，难以灰灭！

“那是什么？”偶尔，友朋们如低掠的漂鸟，穿过茅茨不翦的檐下，轻轻叩动我的门扉。他们指着香炉，指着灰中的物事，好奇地追问。

“花魄。”我说。

漂鸟们远去，换上另一批。新的面容，新的鼻眼，问着一式的老问题。

向始简于言语，更何况屡屡重复地解释？渐渐地，便有了执笔撰述的想法。

原来，无非只是一件极尽寻常平淡的事：

室内惯常以花供佛、飨人。总以为，素雅清香，与柴米油盐等同重要。既有花朝锦绣，便难免花谢、花凋，颓萎星散；只消数日的眠息，便是一番生死轮回，红颜白骨。

寿夭无常，那极致、极茂盛的，不过只是三十、四十日至两个月。

曾经，青色的天目碗上，蓄养过一枝鹅黄的莲花。她显然因了时空的变造忘了时差。于是，昼夜无眠，倾力伸着纤长的瓣页，不息不止地开着，开着。直至竟月，花茎、花托皆已腐朽隳败，泛出阴黑。才临水照面，猝然惊觉过来一般，崩落、瓦解，星散于席榻。

还有一朵艳紫的石斛兰，高踞于枝梢的最顶，漠漠目送同侪的凋零，仍执拗地迸放着，那样决绝的姿态，与其称为“迸放”，毋宁更接近某种“焚烧”。是了。焚烧。于危危光阴中，孤注一掷地焚烧，倾所有的姿颜，直到通体皆化为透明。两个月后的某个黎明，我读着《维摩经》，她寂静落于花钵，周身皆是苍白的雪色。

如许的执拗，让我欢喜，更让我不忍。“花啊，请勿凋零！”很多时候，我的内心由最初的贪恋，转换为另一种残酷的声息：“息止吧！息止！”

因了不忍，告别，甚或有时，相较于挽留，是更温柔的心绪。

也因了同样的不忍，当第一朵花蒂落于掌上，便逢到辗侧的难题。

我既无法如同一般人，将之以塑料袋包裹，随手一扔，任她与垃圾污物一并掩埋——于我，人的数日，即花的一生。之于那曾以生命辉映、陪伴过的，无论人兽草木，皆难以以如许的方式辜负。佛家云“莫忘初心”，约略便是这个意思——

却也无意花笺锦囊，学习黛玉荷锄葬花。

东施效颦，徒增造作矫情，无论生命与创作，我皆无心于模仿，更无意于复制……那皆非我。我宁可只是自己，而不是任何巨匠经典雾雨模糊的幽灵或影子。

然而，花必凋，而骨欲埋——

无可如何，即将花瓣逐一拾取，绕着香炉，盈积成冢。丝丝淡淡的线香，便立于花骸花骨之上，渐熄渐灭，落下烬尘，覆土于花魄之上。

原以为，凡有腐朽，必难免于污浊异味。但是，香炉间竟是无臭无息，飒爽涤净地蜕脱与寂灭；待花魄成灰，香炉满盈，不复负载，即将之洒于花坛中。

苍蒲、水仙、樱花、山茶、石楠、栀子、兰草、松针，飞燕草与虞美人，星辰花与天堂鸟……季节的容颜，于此走过，花魂与花魄，埋入水墨图卷寂静的蹀躞，于佛陀慈悯的一笑。

时有翻经的只手，悄悄地，燃香于冢上。

华 严

燃灯

火光燃而覆灭，羞怯，迟疑地……如许沉淀的春夜，仿佛并不适合告别。一只白色蛱蝶静静阖着翅翼栖息在露湿的兰草上，恍若安睡。

草地上的尸骸有了动静。循着火的抚触，微微弓起身子，曲扭、挣扎了一下。之后，如风卷过灼热的砂砾，哔哔剥剥，发出一连串骨折一般低抑的脆响。

随着此起彼落的脆响，火舌“噗”地刹那翻飞，腾烧起来，明晃晃地照亮了整座阒暗的露台。火光中，我看着老去的灯罩，一点一点疲乏松软，如释重负地委身于焰火；灯上的墨迹生动复活起来，一勾一勒，划着隽雅的光丝逸入空中。我望着自己如同死神一般苍白纤长的手，知道，生灭无常，他日，必有另一双类似的手为我拂去埃尘，点燃另一堆篝火。火光惊醒了沉睡的蛱蝶，她扇了扇不安的翅翼，穿过栏杆，隐入墨黑的夜色。

世界复归于寂静。以手探了探灰烬的温度，我默默将它拾掇起来，植入花坛，宛如植入一段逝去的时光——属于我，与兰花灯的数千个相亲相属的晨昏。

灯的历史久远，早在我搬至濡湿的山脚，开始隐遁，摸索创作起始，它便是我初悬在梁上的第一盏灯。它的模样古老，竹织的骨架，似筐类篓，方中带着圆弧，模样极似旧时庙中悬挂的祭灯，也似大戏中帝王后妃引路的风灯。灯面疏拓划着几笔剑刃般潇洒放逸的兰草，一茎幽兰，微着紫絮，自叶鞘间淡淡脱出。一行草书简简题着：疾风劲草，君子之风。

那灯面，令我想起一首古琴的曲子，名为《碣石调·幽兰》，又称为《猗兰操》的。相传这是孔子周游列国，行经幽谷，见兰草袤野，与杂芜乱石飘摇为伍，因而愤懑感怀，写下《猗兰》琴曲，寄托内在郁郁块垒。兰草，是中国知识分子"更行更远还生"的心结吧。孤愤与悲郁，忧民与忧己，自殇与国殇……皆纠葛绸缪在这难以解梏的心结中。

那样的心结是中国知识分子的包袱与不幸。然而，偶尔有时，我欣赏着如是负重而走、颠踬而行的姿态——虽然，风雨疏窗，我更艳羡独拥寒山，解衣而卧的任性自适：自历史、文化、文明、社会……乃至世纪末与科技末的重重视点与盲点中彻底松绑，解脱出来，只保留简约的呼吸与行走。

“这是最后一只了。”小店的老板娘感慨地说，“手工费神，现在，都是铁线、铁架、亚克力了……”

我珍惜如许的缘会。幽居的日子，与外界联系的少，而与内心相接的多；与人面映照的寡，而与树木、植物、书本、器物相处的众。偶有的人情脉络，皆如长河浮影；仅有刹那的拓叠，不容许深长的凝驻。城市远遁，于我视线中虚化为一座徒有轮廓与音量的蜃楼。

室内光线阴暗，早起，必然点灯。数千个晨昏，人、灯一并醒觉，一并展读、眠息。仔细回首，一切有生、无生、有情、无情的物种人类中，与我相伴最长、最远，够得上“寤寐如一”的，竟是这盏兰花灯。

然而，灯亦有灯的生命，亦有寿夭，亦有生、老、病、死，亦难逃佛家所谓“速朽之法”——

在岁月摧折中，素白灯罩渐行泛黄老去，现出日薄崦嵫的衰颓窘象。竹篾径行撕开兰草，危危逸出罩外；蟏蛸去而复至，日日绕着灯架吐丝营巢。偶有风过，灯便咿咿哑哑，丁零摇曳，照着席榻投下斑驳散影。

该撤了，我想，却总是不舍。总以为“故人情重，故剑情深”，那灯，堪拟故剑。

是入春的午后吧！山中桐花渐展，我步出室外，看见一个少年伫足楼下，隔着树荫，仰着头，眺望屋宇。

“对不起，老师。我并不想打扰您，我只是想看看屋子……看看到底在不在——”少年见了我，讷讷地解释，“前次，和同学们来，是在夜里，屋子的风景、气味，以及墙上挂的剑与灯……都感觉不可思议。是在深夜，所以告别时，不敢回首；以为一回首，屋子便将消失。于是，回去，想了很久，决定白天再来一趟，确定屋子在不在……”

是了，必然是那灯的缘故吧，同样的话语，略作变更地反复重现于不同的面孔中。墨迹与兰草，灯的凄迷与危殆，为屋宇拓上一层歌声与鬼魅，美丽与死亡的最后幻影。

“故人若凋，可以筑冢；故剑若亡，可以封埋。”这一次，我真正地想，该告别了！不该再让死去的灯魂，褴褛支撑着危倾欲颓的灯架。那是凌迟与榨取，而非知音。

便燃起一把赋别的篝火！如许沉淀的春夜，合该应为送行；以翻飘的蝶翼和熟悉展卷的只手。虽然，千丝万缕，如亡故友……

我将凋萎的岁月，和着灰烬，缄封于尘土。

于虚空中舞蹈

舞台黑幢幢的，仅有一圈锥形光束，如月影般，寂静地投射在女子身上。

女子穿着一身雪色：岑白的袍裳，岑白的飘带，岑白的鞋袜、发簪；甚至执着飘带的双腕也恍如浸润过雪色般的澄澈皎洁。

我翻开曲目：那是一种韩国西南方的巫俗舞乐，名叫《撒普利》（Sap ' uri），以即兴方式表出。

巫俗？这样的字眼予人一种原始、蛮荒而古老的印象，仿佛抟结骨血于土地中，以沆莽的大地河岳为母，而以暴烈，不可名形的神灵鬼魅为父。从那里，源源涌出图腾、符咒、祭仪……然而，女子垂着眼、敛着眉，纤尘不染，恍如一朵半开半合的昙花，静默立于时空中。

鼓乐缓缓地奏着。女子缓缓举起足尖，扬手、旋身，轻柔地舞蹈，以一种古典婉约的舞步。月光跟着舞者，静默移动。

乐声愈来愈快，愈来愈急，愈来愈亢奋激烈，拨乱的音符，不协和的奔跑、逸散。月光随着音符，追着女子，惶急地舞。炀耀的光点，缤纷洒照在女子的眉、眼、手足上。

一刹那，乐声消逝了。一朵昙花于虚空中恍惚舞蹈，绚丽、华美、凄恻而沉醉。那双眉眼，透明皙白，美得虚幻，美得惊心，美得叫人害怕……恍如即将在某个节拍、某个极致，倏忽溃灭、死亡，夷为烟尘。那颔首、举足、旋腕，莫不如一朵倾力怒放的昙花，在刹那、刹那间，迸射且夭亡……

“好怕人！”我悚息低呼，一种无常之感猛然叩击着心腔。

怎样一种民族、属性及哲思？以致在灿烂、炫美的峰顶，猝然照见幽谷、幻灭及颓萎？

它令我想起一种名为“伽倻琴”的韩国筝弦，同样充斥着无常之美。

那琴的音质，近似中国的古琴，端凝深沉，隽雅渺远。

当它淙涓流奏，可以呼唤木叶、寒涧、峰峦、行云；呼唤排闼疾卷的松涛与飞雪，静默滴落瓦檐的雨滴与苔痕，以及极红、极艳的流霞与烟岚……

但是，却不容许耽美，不容许音乐如斯华美流逝。

旁边总伴随着一种奇异的敲击乐器，如惊堂木一般。总是在某个节拍、某个转折，在耽溺沈醉、悲绝美绝处，重重一击，如同棒喝，猝然击破镜花水月、丝雨烟云，逼视悲美处庞大浩渺的虚空。

琴音涌动，惊堂木随侍在侧，一主一辅，一虚一实，如影鉴形，宛如不时在提醒：万般幻化，人世一切繁华欢乐，痴爱贪执，尽属无常。那华美的极致原与虚空并无二致！

有人因梦悟道，有人观桃花、观波心倒影而证道，还有人因闻蛙鸣、因片瓦击石而圆觉。

我不知道是否亦有人因了一颗耽美的心，而在恋着、染执的极致，猝然照见空无，而慨然断发行脚？

落幕时，我翻阅舞者的简介，竟无法从那张露齿含笑、光鲜明媚的脸庞，寻回那位一度让我悚息悸动，几疑神仙鬼魅的白衣形影。昙花已然萎谢消遁！或许，那原是一场精魂之舞。而精魂，自始不是任何人世的镜头、机械所能定格挽留的！

一种无常之感久久充塞心头，久久、久久……

将经卷书于裙幅

宛如马蹄莲洁净的辰光，她来至我的门扉，穿着一身雪白的衫子。提袋中装着满满的野薄荷、野人参菜和高丽菜。

“喏，给你。”她说，沉静的脸上绽出笑容，“这是特别为你准备的。为了采集它们，昨日在山上胡混闲逛了一个下午。”

我满心欢喜地接过。在这华丽铄金的末世都会，再没有谁会傻呼呼地抱把萝卜、青菜，或提只鸡呀鸭地拜访友人了，更何况一枝一叶地亲手采撷。我欣赏如许朴素的风泽，也珍惜那为我虚掷山野的大半个日子。

朋友约略属于神农后裔：善于赏花、莳花，兼及各类羊齿山蕨、根茎草木。或许，惯常与树石草木相对，她的模样亦带着一种土质的、清水陶烧般谦和从容，宽厚平淡的气息。那样的钵碗陶烧，不腻不狎，宜暖宜凉，宜炭宜冰。可以于明净的春日泡一盏舒卷有致的碧螺春，也可以在虎热的仲夏注一碗香气酽然的杭菊花片。或者，只是一些冰镇莲子、热粥与红豆汤。

初次相逢，是在柑橘花遍开的春日。空气中浮漾着洁净澄明，梦境般柔和静谧的花香。一路行来，每一株树木草茎，皆如自家手指般地清晰，她说着它们的名字、用途，像是数着自家亲眷的每一个样貌、特征和才能。我不知怎地提起周梦蝶的诗札，以为“还魂草”不过是幻化虚拟、无中生有的想象植物；她便领着我穿过一处植满水芙蓉的渠塘，自泥湿的田壤中，取下一株绿湿的还魂草，置于我的掌上。

与想象的植物相逢是奇异的，那样的心情，犹如《聊斋》的书页走出人来，无论妍丑，无论良邪，皆是奇遇，也皆足以令人赞叹扼腕，怅然辗转。我将那株不甚了了，看似十分微小单薄的植物小心放入衣袋，想携回夹入诗札，不过只是两三个钟头的工夫，还魂草便已蜷缩萎谢，不复形貌。

会消失吧，之于一切置于时光，且仰赖时光而有的存在……但是，无常中，犹有印记置于胸怀——之于那草的姿态，以及初次为我指出这魔咒一般名字的那人。

“上回，见到你那条题满墨字的手帕，觉得，这年头使用手绢的人已经不多了。便想，该把搁置许久的染料、器材一一重新拾拿回来，为你染几条帕子。”野薄荷凛冽的香气浮满室内，我们闲闲饮茶，闲闲听着音乐，叙着家常。她像追忆一件久远的陈迹，平淡地陈述：“曾经，自己也是个易为美惊动的人。总喜欢以手触抚，将生活的片段、美的感受，裁剪、延展成一连串手工劳作。因了这个缘故，就也学会了染织与裁缝……一次，心血来潮，即将整部老子的《道德经》染绘于裙幅上。风一吹，整部经卷便飘然展开——”

淡淡的“桂花陈”使人微醺，特别是在这暮春的黄昏。应是飒爽涤尽的秋日吧。我的脑海驰现另一个季节：一个女子孤身立于高原的尽头，蓟草与芒华簌簌幻为背景。山风一吹，墨迹影绰，整部逸亡的经典便迎着风面长轴一般翩然开展……

那是何等的潇洒与气魄，孤旷与淋漓！……至少，足以惊骇这个十分叛逆前卫的世纪末了吧。

“后来呢！”我急于探问这方裙幅的下落。

“后来，便埋葬了。连根拔起——很彻底地铲除了这片感性世界。染料、器材皆收了起来，凡属于美的，能够惊动的，皆一并封冻……迄今，已有几年，不再触碰……”

没有继续追问。能够令人到了一种与自我，乃至与美感彻底决绝，乃至挥刃割舍，终久尘封的境地，必不是寻常的人地事物吧。必是冰火炭雪，痛彻心腑……那么，又何需絮絮聒聒，多此一问。

便仍只是茶、酒、音乐、佛经、文学、创作、艺术，以及一部分周遭的人物文化浮世绘。野薄荷的香气愈来愈冽。音乐新撤上一卷。是长安的“仿唐舞乐”……一名女子倚着明月楼头，调管拨弦，乙乙若丝、幽幽渺渺唱起《春江花月夜》。歌声潮水一般地拍击。

“与你见面，在这样的空气中，像是一种复苏。似乎可以重新爱恋，也似乎可以重新走向自我，重拾美感——”黑夜里，汽车引擎嗒嗒震动：“到山里来吧！五月是流萤；六七月是茉莉与野姜花……可以文章，也可以生活——”

如许的邀宴，彷若饕餮与食客。然而，那饕餮，究竟是挑剔偏执的：非有一只裙幅，充当桌帖，上面书满墨迹斑斑的经卷；一壶新酒，酿着今春初绽的橘花芳泽。

是还魂。属于经卷，草木，与人类。

潦野二则

神往

山居的友人走后，野薄荷在水槽间浮散着清冽的香气。随着夜阑，碧绿沁人的香气无声泊满空气中的每一个分子，深沉将人引入睡眠。

一滴，两滴……微微有雨静谧穿淌过屋后的芒果树梢。好凉、好冽的夜，仿佛枕入湖沼冰冷的帷幄……我直起身子，向周遭环顾——四野寂寞，唯有湖水于阒暗中幽冷浮漾，我独立舟上，撑着一支长楫，湖水泛起淡薄的雾岚。

那雾岚，嗅入鼻梢，有着薄荷的气息。

我擎着长楫，恍然任随沼水带着舟子；无法想起自己为什么孤零零立在这里，在那么深而黑的夜里。似乎总有个隐然的目的；但是一时之间，却难以追索。

我仰头再度回顾周遭。

虽然是极深的夜，景物却仿佛描勒于黑布轴上的瑰丽织锦，不可思议地清晰明亮，甚至颜色皆是柔和皎洁的，恍若置于自然光线下：一座山全是皑白，浮着浪一般巨大飘舞的野姜花，一座全是鹅黄，枝叶如剑，宛如洋水仙与黄百合；另一座火一样赤红的燃烧，像极了爆竹红；还有的，是粉红与魏紫……

“啊，是了，想起来了！”奇异的山与植物唤起了回忆，“我来寻找忘忧草。”

意念才刚升起，便发觉自己弃了舟楫，幽灵一般，飘然行走于山坳。丛山叠嶂，路径掩映，我抚摸着黝黑的崖土，检视每一株植物，奔涉过每一座山巅，感觉躯体愈来愈重，似乎行将虚脱解构。

飘游着，却到了一座荒山。

仿若一个死去的季节。死神涩苦走过，群卉俱萎，草叶枯干，伸着焦黄卷缩的叶片，封凝于死亡最后一刻的姿势中。

我所寻觅的植物便在那里！置身于死亡的行列，攲着皲裂嚷败的根茎，在枝梢的最顶，仍悬着几瓣破絮般危危欲坠的枯瓣。

“什么都没有了。”我怔忡自语，望着瘦瘠嶙峋的荒山。在我心中，有什么一并枯萎，蛀空了。

轻轻地，我触抚着这死亡的植物。

仅余的残瓣飘坠下来，露出底下凝为果实的花房。

我将棕褐的果实摘入掌心。“会有的，只要有花种，一切便会存在。”一个声音说，“仍有忘忧，为我亲手所植。或者，在某个季节，在我的壤土……”

蒴果坚硬，微带芒刺，痛楚扎入掌心。紧紧地，我握着它，将它捺入掌心，一刻也不息，愈来愈深地……

野薄荷的滋味

掌心微痛，痛感如许鲜明，不似梦境……“忘忧草！”我惊醒过来，望着紧扼的拳掌，哑然失笑。并没有什么忘忧草，只是拳头扼得极紧、极紧，指甲深深掐入皮肉，映出一连串新月形的指痕。窗外，阳光灿然筛落在芒果叶梢，已近正午，野薄荷的香气正浓烈……

便摘拾浣洗，将它投入所有汤中菜里，并着其余野菜，做成一席“野薄荷大餐”。

“如许大餐，怎可无酒？”于是取来极酽极烈的茅台。

烈日当空，无法学习李白邀月而饮。乃焚香举杯，于烟丝缭绕中，邀请寂静俯垂的神佛。

“有酒学仙，无酒习佛”——曾经在某座庙堂抄下这联对子，但觉爽快拓落，别有一番潇洒风致。适合留予摩诘、曼殊这类痴根仍重，犹有烟霞余情的佛家弟子。

醉卧而醒，天地苍蓝，映现一片暮色。镜前，我已非我，只是一匹小小的、变形的花鹿。颜面、肘掌、肌肤上皆植满块块斑斑、猩红的花点。红点如蚂蚁一般疼痛抓痒。

我望着镜前似曾相识的动物，忽忽想起，自己一向对于陌生的植物极端易于过敏，以至于曾有两年半的时光，不同的医生接力赛般为我开着诊断的方子。这是经久的痼疾，我原该学得教训。但是，野薄荷凛冽的诱惑，使我全然忘怀这回事——不，或者，不该说“忘”，意念自始不曾萌生过。

镜前的花鹿提醒着，隐身洞穴之必要。便立时取消既定的会面行止，平和、欢喜地承受——因为，我确确实实地记得，在那瞬息微刻间，自己是以如何的欢欣喜悦，大作饕餮，咀嚼过那席罕得的野薄荷大飨。任何一种参差的情绪，无论悔恨、怨怼或焦虑……皆将损毁斯时斯刻的丰熟喜悦，也将蚀灭其间曾有的完整与绝对。

唯有清明坦然，无嗔无悔的担负，始能削减灵魂的倾轧，使得病苦还原成肉体单纯的重量。

那是佛家“莫忘初心”的另一言诠吧——无罣无碍，欢喜承纳，不忘初始的意念，也不忘曾经的高山沧谷、喜欣爱悦，只是坦然为所有的步伐付出相属的代价。人与人间，事与事间皆如此——夫妻、父子、僚属、友朋，乃至自我的寻觅践履，皆该以如是的心情谛观。

如果理解代价的意义，那么，即若黄沙漠漠，蒺藜遍野，亦能持有生命初度的温柔、庄严与纯净。

忘忧，只在心间。

墨痕

当风起时，瓦片坠落阶前，我总
听觉，另一类幽冷至极，来自另一精
神畛域的雪声——

窠巢

望远镜筒中映现一双平展的巨翅。一只苍鹰于高空中孤独盘桓着。

灰青的翅翼，帝王般，徐徐巡弋于山海之巅。

“春日渐近，天气逐渐和暖……这只失去配偶的雄鹰开始衔枝筑巢——虽然，无法确定是否能够及时寻获新的伴侣。”穿过茂草，我们蹲踞在冈阜上，“鹰的观察者”S君沉静解释：“山的对岸，两株琉球松枝窝拱抱处，即是鹰的窠巢。”

宛如参观一座神话的巢穴，我们依次起身，轮流将好奇的双眼贴附在镜筒上面，怀着某种莫名的惊动和期待。

并不真确能看出什么。蓊郁的松枝遮覆了窠巢的泰半，仅露出一部分涡轮一般，高高穹起，凌乱堆砌的枯枝。

一整个下午，我只是反复持续这个动作，恍如站在天文台上眺望一整座浩瀚的宇宙，我不住盯视着这只空荡荡，一无所有，显得十分潦草粗率的窝巢。

静静盯视，宛若盯视一只脆弱危殆、瞬即消逝的褐色烟火，一道联结人与自然，以及一切有情众生的巨大图腾。

窠巢，是生命之始。庄严万相自其中流衍而出……自其间交配、繁衍、孵育、成长……

窠巢，是太初之地，烙印着无尽胎藏原始的情感与乡愁。

万物的血液中，皆植有这太初之地永恒的呼唤。

这是为什么鲑鱼逆溯千里返回降生之地；也是为什么佛经中，佛陀的首座弟子——“智慧第一”舍利佛，在修证圆觉之后，踽踽返乡，涅槃示寂于襁褓初生的床榻。

也就不难理解，年年耶诞，于达旦歌舞中，虔诚的子民独独呈现破敞的马槽与衰颓的干草。

无非，是对降生之地——“窠巢”的尊重，之于生命“本然”的尊重。

不幸的是，庇护、哺育的窠巢，竟成了鹰致命的据点。

“我们能够寻获雏巢，猎人自然也能。他们先是捕去雏鹰，之后，在巢中设下捕兽夹，捕捉归来探视的母鹰。母鹰渐减，繁殖的数量渐少，鹰便一日一日绝迹了……”S君说。暮色渐掩，他的话语碎落于隆隆的推土机声中。

我寻思着“窠巢”的涵义。不远的山背，怪手推倒树林，刨开一道狞恶的伤口。

两颗佛首，一个我

不太邀人走入书室，以为无异精神的裸裎，“诸君何谓入我裈中？”晋人刘伶的话语，虽则放浪落拓、粗鄙不经，但是，合该大笔挥洒，界碑一般，作为注脚。

书室，不啻衣袍紧裹的最里，是呼吸踊跃，心脏伸缩舒张之处。那危险，亦如张臂合眼，默默任人遨游冶猎于心窝深处，踏过数重幽闭思维的红色瓣膜，触抚一两支犹自战栗的透明弦管。

书室。

一张不可能的行旅地图。

不可能的诸神袤野。

不可能的佛陀龛室。

不可能的地狱即景、人间镜相、思想烽火。

不可能的炮台、堞垛、挖掘、冶炼、城市、荒野、繁华、寂灭、喧嚣、沉默。

不可能的生者、逝者、囚室、走廊。

然而，总有这么一个温柔而邪恶的时刻，一两个顽固的闯关者，跨过重重壁垒，轻轻叩动碑石——

在梦游者、旅行人、思考者、革命家、怀疑者、治疗师、觉悟者、批判员……巍巍的巨影下，闯入者最终收回热切逡巡的目光，对着桌前，问道："你，不害怕吗？"

那里，仄窄的桌面上，一左一右，一前一后，对角矗立着两颗绿阴阴、黑沉沉的头颅。

仰首，头颅。平举，头颅。垂眼，头颅。岸然不动。仍是头颅。这是三人一组的游戏：一旦投入仄窄的桌前，便置身于头颅的举眉颔首之中，无以逭逃，除却逼视——

两颗佛首，一个我。

肉髻如莲华花苞一般，委婉初发的，是暹罗十二、十三世纪的仿古作品；如焰火般熊熊举焯的，是十四、十五世纪艺术巅峰"苏可泰"时期的造像。

虽是佛首，那斫口、伤痕、霉绿、霉黑、淤泥、铜阴……黯夜昏影中，乍乍浮出，那一泓似有若无、幽微恍惚的面容仍叫人触目惊心。

颔首相望，宛如一把戒尺，两只惊堂木。戒尺中，中世纪的哲人，嶙峋着一张瘦削的人面，面对着一只森森骷髅，斤斤叩问。惊堂木下，头陀迦叶，粪衣百衲，面向着狼藉骸骨，氤氲尸气，参空，参苦，参涅槃无我。

害怕？怎么会？

莞尔面对一切质疑，不曾提及第三颗头颅：那是一帧黑白照片，浮影着三岛由纪夫切腹“介错”（由一助手，为切腹者砍头，谓之介错）的头像。是怎么样的精神、意志？怎么样的神魂、气魄？以至于在肉体至深的痛楚中，死亡的面容竟如落雪般呈现不可思议的寂冷、贞定、优雅、平和……

我将头像置于书帙，恍若珍藏一位禅者圆寂的最后肖像。

当风起时，瓦片坠落阶前，我总听觉，另一类幽冷至极，来自另一精神畛域的雪声——

在帝王的墓畔

我立于坟冢内，隔着一道冰冷的玻璃，骇然眺望冢内的帝王。

一片黝黑的灰烬。那人瘫躺在那里，化为乌有。仅剩下残破萎夷的头冠、项链、佩剑、腰带。从那里，约略圈点、勾勒出已成灰土的人形。

“这是一个帝王，请向他致敬。”玻璃墙上，一行英文标语写着。

而在玻璃的另一侧，一群外国旅客，人手一本观光小册，交头接耳地议论着，空气中“嗡嗡嗡”地震动着绵密的语音。

致敬？或者是困难的，之于一位异邦的陌生帝王，之于一位已然抛出时空、失却权柄、失却肉体，失却凛凛的威仪与叱咤的雄姿的骸骨——不，甚至连骸骨也早已湮灭无形。

除却斑驳晦暗的王冠，以及王冠上褪色的金箔，再也无从印证，这里，曾经躺卧着一个帝王，一段历史。而在那段历史中，千万颗头颅的命运仅取决于一个人的意志，取决于一个人的爱恨喜恶。

而那人躺卧在这里，如同千万个庶人子民，躺卧在蛆与岁月均等的腐蚀中，以褴褛的面目，面对着恒河砂般的后世子孙。面对着无数窒人的眼眸与舌尖。

一个帝王，躺卧在这里，以如此低的姿势，冻结于永恒的死亡、永恒的躺卧，以及永恒的展示中。

一个无法安息的魂魄，墓门洞开，将有千亿人潮喧哗来访，观赏、赞叹、评议，或仅仅只有以淡漠的口气说："噢，一个帝王，不过如此。"

是了，不过如此。最终，仅止于尘土与虚空……

我的目光在上面逡巡，如一位尸体测量员一般，企图从冠冕、腰带的大小宽窄上，丈量那人的身量尺寸。我沉默地打着招呼，一种无上的寂寞陡然满溢心怀。

一切皆已荒废、蚀毁。散乱的黑色土烬、碎裂的钵碗罐瓦，晦黯剥落的金冠、玉石，以及片骨不存、一无所有的尸骸……

不过如此，一切扰人的野心与嗥叫，冠冕与荣耀，一切纠葛的爱、恨、欲望、梦想与折磨，皆一并归为尘土。而历史卷动、时光卷动，如一枚盲目的齿轮，向前向后、向左向右，倾轧戳刺过亿兆的生灵。

此刻，我站在这里，惶然于人类的命运，惶然于一切的野心与追逐，惶然于血迹未干的历史——在那斑斑的血痕中，扭曲书满所有无妄、无明的战争、屠戮、丑陋与绝望。

那里，一颗头颅碾轧过千亿颗头颅，仅为了某种虚妄的冠冕与图腾。

我的回忆里藏着另一种墓碑，一排排、一块块素朴灰白的石板，静默躺置在异国的天空下。属于不幸的千万颗头颅的。

在泰国，在巍峨耸峙的桂河大桥附近的方场上，那里，一块块沉默的石板下，埋葬着二次大战中在战火、屠戮、苦役、酷虐下，死亡的各国军士。

一段余悸犹存的历史。史页上，几个变相的帝王，因了个人的权势与冠冕，而发动一场世纪浩劫。而那沉默于石板下的，不幸卷入历史，卷入浩劫，卷入抗暴与死亡。

在暴烈撾击着闷雷的天幕下，我蹲在地上，念着一方方墓志铭。那是死者的父母、妻子、儿女、恋人、袍泽，一切至亲至爱所留给逝者的最后话语——几行短短的告别，一首温柔的诗句，表达着他们内在恒久的伤恸与哀悼。

我读着一行行温柔亲爱的字句，深深震动。那些不幸夭亡的，有的不过仅十八、十九、二十岁，正是春花乍开的少年。

一种莫名的悸动猛然紧攫住我，我跪下来，抓起笔记本，迅速记录着上面的碑文——然而，向始我曾经多么厌恶所谓的“墓志铭”，以为一切的墓志皆是虚伪的矫饰与阿谀，煽情而不可信……

我抄者、抄着……豆大的雨点自天幕间急扫下来，刷刷直扫过我的背脊。刹那间，我与碑石皆淹没在雨幕中。我抄着，急速地……那刚写下的笔迹，在雨水中，模糊、扩散，终至无可辨认……

走出墓冢，韩国的秋日，飒爽涤净，穿梭着似有若无、丝弦一般的阳光。一排排帝王后妃的陵墓，如一座座碧绿的小丘，在阳光下起伏着优雅的棱线。

一对青年情侣，坐卧在坟丘上，开心地玩笑着。

遍地厚厚落满松针，深褐、黄浊、枣红、灰黑的，恍如一块绵实的绒毯。我走过去，卸下行李，躺卧在上面。那些已然在时光中柔软、褪色的针刺，顿时以一种奇异的温柔与痛楚，蜇刺着我疲惫的颜面。

最后的马戏

这是最后一场马戏。

野兽们都老了，拖着沉重的脚步，恹恹走入围场。大象颇皱褶的背脊，恍如一座晦黯不毛的秃山，上面草草搭盖了一条棕色的土耳其毛毡；狮子闷闷低吼，光泽尽失，看来十分纠结凌乱的毛发，唯有通过火圈的刹那，才黄金似的灿然明亮起来。火星战栗着，落入它的眼睑，照着那猫一样巨大温驯、惺忪疲惫的目光。

塑料天篷也老了。绣铁的支架纤细往上延伸，撑开裙幅一般，一度鲜艳华丽，而今却像是浣洗过度的毫伞盖。那是我的魔屋，一只神秘的月宫宝盒，寓居着梦想与可能，冒险与奇遇，巫师与魔咒，公主与王子，奇禽与异兽……揭开宝盖，声音、色彩、情节、故事将汩汩涌出；一切一反常态，不可思议地成立：

金甲银盔，神话一般的男女自口中吞下一把闪光的宝剑，吐出一缕缕鲜红炽热的火炬，同时，蜘蛛一样，在透明的丝线上翩然行走。空无所有的黑色大礼帽掏出鲜花、手帕、兔子、饼干、糖果、铁锅……掏啊掏啊，聚宝盆般，愈掏愈多，掏也掏不尽……礼帽孵出鸡蛋，蛋中走出鸽子，鸽子又幻化为五彩缤纷的丝带。鸟兽们踮着脚，和着节拍，朦胧舞蹈。猴子骑着单车，吹着口哨，影子一样轻俏滑过每一个角落。被大刀斫成两半的箱中女人，隔着一段长长的空气，用上半身的头颅对着下半身轻声歌唱。

我戴着一顶雪白的绒线帽，披着一氅墨绿色的印第安小夹克，掌中擎着一支烤得焦黑、糊满红色辣椒的玉米棒。我并不特别酷好这热辣呛人的味道，但是它却恍如一张入场券，通往童年的入口，唤醒熟悉的记忆。

风真大。塑料天篷抖闪着，魔屋幡拍击翅翼，支架嘎嘎喋喋不已。

光影抖闪着，小丑也抖闪着。宛如一只重心不稳的充气娃娃，他摇晃着臃肿肥胖、塞满填充物的肚皮，站在高高的看台上，战战兢兢伸出打滑的腿，想学习美丽的钢丝女郎婀娜走过细窄的丝线。但是左腿撞着右腿，细如蚂蚱的双腿仿如失衡的圆规一般不住在上空画着滑稽的圆弧。

圆弧抖闪得愈厉害，观众便笑得愈大声。

“好好玩，笨死了。”孩子花瓣似的咯咯笑着，膝上的爆米花开心撒了一地。

孩子似乎爱极了小丑。打从小丑一现身，捧着一只塑料脸盆，笨手笨脚，追着钢丝上窈窕的女郎，忽左忽右、跌跌闪闪，做出各种傻里傻气、笨拙逗趣的求爱动作，孩子便蹬着脚、前仰后合地笑个不停。“这小丑笨呢。”孩子聪明地说，“他怕漂亮的女生掉下来，想用脸盆接住——”

小丑忐忑提着脚，走了一两步，瞬间跌滑了一个倒栽葱，整个身子火鸡似的倒悬在钢丝上。着慌的两手挣扎着，在空中乱挥乱抓。嘴里叽里呱啦嚷出一连串又可怜又可气的字眼。

观众乐坏了，“再来一个，再来一个。”观众兴奋嘶吼。魔屋轰然震动，随着吼声，忽而放大，忽而缩小。

但我并不快乐。辣椒涩涩刺着喉头，玉米棒干干凝固在掌心。在小丑刚刚端着脸盆满场奔跑、翻筋斗的当儿，我注意到，纵使铺满一层厚厚的油彩，他那红红白白的颜面，仍如鳄鱼嶙峋的背甲，纵深皱褶蚀切着岁月的刀痕。他步伐摇摆、踉跄颠踬，由于年老。

年少时，那踉跄，或是一种故作的姿态，是舞台、模拟与演出。而今，是衰竭，是现实，是生命无以掩藏的疲惫和窘态。

我不快乐。我的脑海如负荷过重的频道，塞满各样人类的经典。

那些经典喧哗、干扰着——时而忧伤沉静，时而愤怒鄙夷、热谑冷嘲……以不同的变奏，次第卸下人生的假面。宛如一只只执刀解剖的手，他们“剥皮”的技术如许精湛凝练、动人心魄，乃至深深刨入最隐最微的脏腑。那里，血脉流动，虬结的网络，震颤着人类的爱欲与恐惧、尊严与卑微……那里，天色蒙昧摇摆，时而晓雾初升，时而金光灿烂，时而黑夜窒迫……黎明与黑暗，日光与霪雨间，赤裸矗立着一株血肉斑驳、枝叶瘦削、浑身创痕累累的白千层——它就是我欢乐的小丑。声音千篇一律地重复，那张欢笑愉悦的油彩后，隐藏着怎样一种粗砺寒伧的现实，以及愁苦煎熬的面容。

我怎么可能快乐呢？如果愉悦我的，只是同样一只因生活扭曲变形的灵魂。更且，我正处于一种要求认知，也要求绝对的年龄……一个本然执拗，拒绝伪饰、谎言的青春。

驯兽师的鞭子悠悠扬起，悠悠落下，带起漫天的灰尘纸层。孔雀、鹦鹉、老虎、狮子、花豹、袋鼠……野兽们梦一般恍惚舞踏，长长的行列衍为时光瑰丽的幻想。女郎们饰着袜带的长腿折扇一般开开合合，臀部鲜丽的鸟羽摇曳成非洲灼热的鼓声。

“锵！”我听见锣声刺耳穿透梦境。最后，已经来临！

巍峨的钢架球体阴冷折射着死亡的气息，两位头戴盔帽、黑衣紧身的摩托车骑士，淌着汗，如对决的武士，鱼贯走入球体。

“轰！”摩托车引擎倏地发动。车轮骠烈摩擦着钢架，血点般，激迸出腥红的火花。

魔屋嗥叫着，隐入死亡的羽翼。欢乐的光点消失了，天方夜谭化为撒旦幽黯的牢笼。牢笼中，豹一样的人激越搏抗，车轮愤怒划开刀峰一般犀利险峻的光轮。光轮愈转愈快，人影消逝，最后，仅剩下千万个腥红黧黑的光点……我睁着八岁的瞳孔，紧扼着拳，目不转睛，一瞬也不眨地窒息望着光点……每一刹那瞬息，死神皆以恫吓挑衅的姿态，祭开千手千趾，狂野踊踏于牢栏间。

“别怕，没事，是假的。”那是最初的死亡经验，那么强烈的惊恐和恫吓，以致一路上无论家人如何安慰，我总忍不住抽抽噎噎，啼泣不止。

或者，亦是幻灭之始。童年的我总习于黄昏时分，蜷缩于廊柱下，望着深沉的暮影西渐，无法理解为什么欢乐梦想的行列，最终化为死神黑暗的行脚。

“白天死了。”当最后一丝日影为黑暗所吞没。我会忍不住将脸孔埋在廊柱上，对自己悲伤重复。并不全然明白为什么这么说。但是，就是死了，死了……

夜里，噩梦中惊醒，就着毛绒绒的辫发，俯身望着沉睡的父母，以为他们皆将死去。

“马戏之魇”轮流在寂寞的年长中上演，宛如吹笛人美丽诡异，神秘蛊惑的笛声；我惊恐害怕着，却忍不住谜一般的诱惑牵引，一次一次，忐忑走向艺人燃亮的帐篷。

“游戏结束了。”我揭开魔屋，离开马戏，就在引擎激越发动的顷刻。

风真大。我脱下白色绒线帽拿在手上，感受着冬夜凛冽刮入耳轮的寒风。

真的，好大好大的风，伸着虬劲的指爪，剥着我的印第安夹克，仿佛它已不再属于我。我想，我真的长大了，大得不适合继续待在魔屋，大得可以脱离欢乐游戏的行列，我不复需要任何镀金闪光的把戏，魔术和面具。

这是最后一场马戏，无论我多么依恋既往，我终究无法不褪下年幼窄紧的衣裳。

这是最后一回巡礼，我抚摸着架上的经典。我无法知悉它们是否涵纳了人类所有的知识与真相；但是，这一次，我决定透过自己的双眼，去思维、挖掘与印证。

——关于所有的脸谱与真实。

不久，我推开一扇玻璃大厦，递出辞呈，告别新得的工作，出发到远方。

两脚在黄浊的泥地上缤纷乱走。热带难民营中，雨季正漠然开始。我奔驰着，在一辆半旧敞篷的卡车中，雷霆与闪电交迸嘶吼着黑夜的袤野，洗着我昨日苍莽的足迹。

大分子与小分子

桐花谢尽的五月。YL 走入我小小的斗室，展开她的专题采访。

宛如一个盛夏的序幕般，YL 予人的印象，偾张而炽烈，劲莽而原始。那样的交会，恍如阒静无人的雨林间，乍然扬起的鼓声与雷电。又恍如极静极深的夜里，蓦然投影的舞蹈与火焰。

之于创作，我们皆如初生之犊，皆含着某种不可理喻的深情与决心。我们的话题，从创作理念，谈到新小说，再从新小说的健将西蒙、杜拉斯，一路延伸至前卫实验的卡尔维诺、昆德拉与贡布罗维奇。我们谈论风格的实验与开展，也谈论人性的上升与下降——那纠葛缠绕，不住孳生与泯灭，不住坠落与挣扎的爱、幻灭与救赎。

时光摧移着，已近子夜。席榻上堆满茶水与烟灰。长达十个小时的拉锯使我们疲惫不堪，我们甚至懒于起身张罗业已延误多时的晚餐。严肃的主题逐渐消融，我们开始谈到爱情——那个向始被我视为神龛，而不愿轻易介入任何访谈的主题。

而云月斑驳的子夜，显然适合叩响苔痕缭绕的神龛与碑石。轻轻地，以彼此听得见的呼声与回答。

“之于我，创作可能是专注永恒的。但是，爱情与婚姻，并不一定如此。”YL挥着烟灰，突然说，“你有没有想过，人的本质是十分不同的？有些人的本质，原本多情而善变，原本需要大量的爱情，大量的男子与女子。在这种情况下，他也只能依着自己的本质行事，否则，便无法获得快乐。相对地，那些缭绕在旁边的小分子们，也只能接受这样的状况，否则，离开这个大分子，他（她）们将更不快乐……”

大分子？小分子？！

“你的意思是说，一个人有了刽子手的本质，就可以尽其所以地杀戳？有了吸血鬼的特质，就可以理所当然地坐着吸血？”我反问YL，“今天，我们所讨论的只是爱情，但是，你不以为一个暴君、独裁者也不过如此？”

是了，暴君之所以为暴君，独裁者之所以称之为独裁者，无非只是因为他们永远将个己的存在，个己的野心欲望置之于千万亿黎民之上。于是，可以驱动万民如牛马，可以征战、劳役、杀戮，可以榨取、剥削、吞噬，以满足无限膨胀的自我。因为，他，是其间的大分子。一个涵盖一切、统摄一切、支配一切的大分子。

然而，我不知道有谁该是谁的大分子！又有谁可以有权兼并、吞噬另一个。即使在爱情，或在生命的其他领域中，我最终能够想象的，是那些不幸生而为小分子，而在砧板与屠刀间，愁惨辗侧的另一群。

那么，让我成为其间的大分子？

不，绝不！如果生命的完成，得奠基于他人的骨血，宁可书空咄咄，安于一介犬儒，也不愿成为任何一种形式的吸血鬼。

“你的理念固然不错。但是，人与人之间，可能做到如许公平吗？”YL在我眼前焦躁晃动着，说，“上述的情况，在爱情中比比皆是。一个人也的确可能爱上第二、第三、第四、第五个人。难道，你能保证，不会有这么一天，你也陷入同样的僵局中……”

“如果事物果然如此发生，只能说，那便是我的极限罢。”

我凝视内心深处十分幽蔽隐微的神龛。这样的话题仿佛子夜的审讯与裁判:“那时，仍然不会有所谓的大分子与小分子。你所能看到的，充其量仅是一个受痛楚凌迟的人。那人因了一己的敏感而深深洞彻其余两者的磨碾，因而活在双倍的罪疚与流刑中；于是，仅能系着镣铐沉重行走，无法因辜负而喜悦，因背叛而轻盈。”

“你的永恒，听起来像灾难。”YL发动机车，隆隆的马达声震动了整个酣睡的长夜。临走，她挥着手说。

我轻轻地笑了。轻轻地，不由自主地。

灾难？多么适恰的形容词。在我心窝的某处，矗立着一座兵燹连连的神龛。那里，永恒与炼狱、爱、信仰、创作与罪感，毗邻而居，宛如一对腹背相连，再也无法分割彼此的连体婴……

秋光招魂曲

——《曼侬》读后

于淡微的秋光中，乍乍展卷阅读《曼侬》，宛如进入一场年少的招魂：

铙钹静静拍响三下。钟表缓缓向后拨转。甬道的尽头，一个皙白的少年，拄着百合荆杖，面向空无一物的祭坛。

他的面孔，一半虔诚映现上帝的荣光，书写着忏悔与救赎；一半狂野焚烧着欲望与爱情，恍如深深覆于魔鬼的翅翼。

流沙灼热淹浸着他的脚底，分分秒秒，汹涌上涨。而少年高声唱着，以爱情的声音，向着祭坛……

“敬神者，你唱着什么？”空无的祭坛上，一个声音问道，对着半张虔诚的脸。

“啊，永恒！”

“渎神者，你唱着什么？”沉默半晌，声音再度问道，对着另半张脸。

“啊，永恒！”

“在我心中一直有股强烈的欲望：除却永恒，此世并无令人恋栈、狂喜之物。”流沙灼热淹过腰腹，漫漫掩盖过肩颈眼睑，“无论上帝或爱情，我所欲求的，只是永恒！永恒！永恒……”

“只是永恒！永恒！永恒！永恒……”流沙向前窒郁延展，弛而缓的平面上，一朵百合悠然浮荡，纤长的花冠，泛着逝者皙白的颜色。它琤琮鸣奏，以筒状的弦管：“只是永恒！永恒！永恒……”

秋光阒静。在一张漆色剥落的长椅上，我缩着脚，用一双好奇的眼，窥测打量着我的老年：一位依稀疑似、垂垂老矣的普雷沃神父。简淡的斜阳，以世纪末的疲惫熨帖着他稀疏的白发，照着他伛偻的背脊。他的头埋得很低、很低，几乎挨近膝上的书页。执着放大镜的指尖战栗着，在数行卫道文字之中艰困地摸索。

浪漫主义的先驱，《茶花女》与《卡门》的血液鼻祖，恋人与修士，叛教者与悖德者，知识分子与骗子，混混与骑士……多重的角色围绕着普雷沃神父叠构成一座瑰丽奇谲的迷宫。我不得不承认，之于作者，我的兴趣远大于作品本身。

然而，两百余年的埃尘重重阻隔于这张长椅之间。普雷沃神父抖索着，专心致志于掌中的保守文字，成为一座闭塞、凝固、拒绝向外显示的迷宫。无论我表达什么，他的回答只是一声夹带痰音的“嗯——”。

我拆解迷宫，依据作品与作者可能的数种互动：

之一，《曼侬》是作者透过亲身经验苇编而成，是一本名副其实的追忆录和忏情录。普雷沃神父亦即葛何骑士：他的荷兰情人 Lenki 亦即女主角曼侬。这项说法已然推翻，证据显示，这部作品早在普雷沃神父与 Lenki 相遇之前便已付梓。

之二，普雷沃神父正如某些神秘主义、浪漫主义的创作者一般，具有某种洞彻、预言的灵视。那在莫名的引力催动下书写的篇章，正不幸地预言了他日后的命运。情形正如雪莱为济慈所写的挽歌竟成为一己的悼亡诗；莫扎特为黑衣怪客所谱的安魂曲亦成为一己的幽冥组曲。类似的艺术家比比皆是，不待一一举证。

之三，性格决定命运——普雷沃神父依据自己的血液特质所创作的主人翁正是一己他日的写照。火焰召唤着蛾蝶，普雷沃深深理解，那潜藏于体内赴火的激动……

之四，作品业已完成，魔鬼在书帙间辗侧狩候，考验正拟展开……普雷沃神父等待着……等待着致命绝美的恋人。他想测试一己爱与罪恶的极限，也想测试上帝——魔鬼、救赎——诱惑的极限。他必须冒险，以便印证秽暗邪淫中，一己的生命是否真能如一的永恒、专注，如一的超越、恩慈……

“会吗？会有一种无上的爱情，透支的永恒……之于一个不值得的恋人，一个忘恩负义的妓女？”普雷沃神父于书房中踱着步。为了验证生命的永恒，以及炼狱、天堂的永恒，他决定以临渊的一跃朝向陷阱。

之五……

之六……

秋光寂寞，远去的普雷沃神父于夜色中遗下一枝皎洁的百合。

我将百合拿至唇畔。

“永恒。”它说。

是吗？是吗？是吗？！当爱情解构，神话消逝，上帝再度赤足流放于棘地，仍有一种永恒，浮荡于流沙之上，如一缕苍白干涸、无以安息的魂魄？

今夜无战事

没有喧腾的人流与长夜的狂欢。

散尽人间烟尘，年年，我用一种极尽沉静的心情，欢度银色圣诞——小小的书斋中，只有一株白色的雪杉，静谧燃烧的烛火，花器，酒器和我。

静静坐卧，束发，高冠，雪白的衣衫和青色的飘带——这是我所称的“白衣祭酒”，一年三度，分割着岁月——生日、端阳和耶诞。

年来如是，变更的只是水钵中的花颜；依着季节，一月是斜欹的山樱和水仙；五六月是长枝的苍蒲、百合或莲花；十二月是凛冽的山茶、枯枝和黄菊。

一只青瓷酒器，盛着极浓、极烈的酒。

静默卸下铠甲，卸下戈矛，卸下十分的忧郁和犬儒。

卸下文字和血肉的抗搏。

卸下，再卸下……

卸下溃裂的苏联和动荡的南斯拉夫。

卸下阿拉法特和以阿和战，翁山苏姬和缅甸民主。

卸下各类呐喊的主义和旗帜，以及一整座岛屿，一整个世界的混乱和飘摇。

卸下战争、饥馑、权势、斗争……卸下这一切的一切！

只保留一颗温柔的心，在这沉淀的夜。

或者，念几节雪莱的 Prometheus Unbound[1]。

或者，冥想一种心灵——

穿过钉孔，以便验证一己和整个宇宙的人性。

或者，只是一类单纯的想望——

想望一个可能：那里，爱，平等，尊重，乃至信仰皆湛然呼吸与存有。

今夜，西线无战事。

至少，对我。

1. 雪莱的 Prometheus Unbound（《被解放了的普罗米修斯》）描写为人类盗取火种而被诸神囚系于巨岩的普罗米修斯，在阒暗无止的痛苦、诅咒、流刑之后，透过自身的苦难，他终于悟出“愿世界一切有生皆不复受苦”。因了这份“同体大悲”的觉悟，镣铐自行松落，普罗米修斯因而解禁。

云钵

『漫眼繁花皆自在——但是，何处呢？何处是那枝可悟之花与勘悟之人？』素白的亚麻晾过一季季温柔的赠予，托钵人仍立于枝下，泠泠叩着空钵。秋风夕照斜掩着瘦削的指骨。

造一个枯山枯水

见过日本的枯山水庭园：大片岑白的砂土雪地般寂然封冻着。雪色中，素笔简简，老僧入定般凝立着几方瘦削的枯石。石下，工笔端整，严严爬网过几道流水一般的涡痕。

仅仅只是这样：一方无涯的净土，数方闲淡无言的坐卧，一点水波不兴的流痕，便是枯山水全盘的风貌，倾尽的形骸。

不闻一丝叶影花痕，不见半株草木植物。简白的山水阒静孤悬着，既不见小桥流水、映月寒潭，亦缺乏楼阁亭宇、水榭花坛。现实的经纬自此泥牛入海般岸然消解。一切有形有体，足以铺构一座庭园的细节皆如泡沫蜃影，一一融入净白的砂隙。

然而，白砂简净，枯石苍瘦，这里，照旧是一幅寂然自照、开合无限的大块山水；一方仅以神识、不以形会的抽象山水。

廓然云游，以心为笔，以意为墨……那砂，是流水，是湍头，是月光与湖泊，汪洋与巨海，是无垠开展的涅槃、彼岸……

而那石，是丛山，峻岭，是飞瀑，危崖，是渡海的舟楫、船筏，也是海中浮漾的岛屿、仙乡。七宝浮屠于岑白的彼岸泠泠叫唤，唤着虚空冷澈的清音……

于极致的简朴素净中，照见无垠的丘壑沧海；于俱寂的色相尘烟中，寻索灵明烛照的一悟——枯山水，是禅家的山水，是至清极简的山水，也是削骨还肉，唯余本来面目的真山真水。

削骨还肉不易，本来面目更难：枯山水，仿若禅家印心的一偈——

参访枯山水，常想，至高的简净无非只是这样的吧。但是，那样的简净，之于砂土木石，尚且求之不易，又何况证诸血肉形骸？

即若是无情无为、皎然寂灭的砂土，一朝风雨侵淹，亦难免蚀灭瓦解，何况是有情有智，悲欢渴欲，惑爱无明，皆如暴雨激湍般时时激泻、叩捣于胸中的血肉之躯！又何况是一个十分眩惑靡丽、颠倒错乱的世纪末！

取消物质有形，仅为寻索精神内在的回音；删减芜枝残叶，仅为释放灵魂清明的思维——枯山水，是园林造景的理想，亦是生命造景的极致。石庭难为，妄想削骨还肉，将一己还原为一方简素山水的血肉更得面对一场场酷热惨痛、惊天动地的斗争与抗搏。

简净，极难。人人最害怕的，莫过于面对一己的本来面目。于是，逞尽所有的借口、能力，以一切可以搜罗获致的工作、事业、应酬、娱乐、人际关系、子女、家庭……以计算机、电玩、电视、KTV、MTV、卡拉OK……充满每一分空白，填塞住每一寸空档。我们以至高的能量倾力占有，以最快的速度竭命消耗，无非，仅为了闪躲一己的本然，闪躲精神内面的裸裎与检省，闪躲那无尽可能的孤寂、旷渺、熬煎、搏斗与溃裂……

简净，极难。草衣木食恒常止于品茗清谈之余，一则浪漫怀古的臆想。难能的是如实践履、文火熬煎，面对森森草隐中生活实相的琐碎与凌夷；更难的是潮打空城的孤绝与寂寞。

难。武士断首，仅在刹那；烈火焚身，不过瞬息；简净的生命造景，却得以一生长长印证。涉水淘沙，翻山移石，才是一方岑寂洁白的好山好水；倏忽，风雨雷电，惊涛危危，又见砂消石灭，草芥狼藉。

十个寒暑淹淹浸浸，垒垒营营。如是，削茎剥叶，蛰隐乡居，将一己凝为一方简白的山水。

一个过度年轻的山水吧。我想。

倾耳。我听着风起雷动，听着云行鹤走，听着内在喋喋之音。

默然莞尔。知道，雨骤风狂，明朝，又是一番堆砂垒石，颠踬跋涉！

托钵四叠

乞香

天阴，欲雨。

大片乌云低低压着枝梢。执笔窗前，对着半叠虚白的阡陌。直透纱窗，愈聚愈浓的阴霾，使人忍不住弃笔起身。

唯恐一落雨，便糟蹋了大好的花。

“是托钵的时候了。”我对自己说。换上一袭素衣白裳，擎着青花钵碗，行向施主，以托钵者的虔诚。

文字可待，油墨可缓，原不急于一时烹煎熬煮。滚滚红尘，信息渣滓业已太多。但是，我那极端羞涩谦逊的施主，向始蹑足于季节短暂的容光中。风剑霜刀，偶有飘摇，便敛容拂衣而去……

得以纤长的十指，温柔的袍袖，洁净的钵碗，轻轻旋过欲去的颜面，挽留，再挽留！

得以一樽酒，一壶茶，一碟晶莹剔透、水晶冰片般的白糖，净室燃香，相对默坐，挽留，再挽留！

而后，下一个季节，下两个季节、三个季节……当布施者飘然远去，托钵者仍于昔日的榻席，一如既往地，于一樽酒，一壶茶，一钵寂然化开的糖水间，与布施者相对默坐，以曾经的目光……

于是，便渐渐领会蒲松龄宁拥精魄、不语时人——“料应厌作人间语，爱听秋坟鬼唱诗”的幽闭隐遁，以及邀香返魂的深情痴意。

也就领会，之于真正的布施，一次即已足够。

空枝

“如许攀花折木，不是剥夺了他人赏花的权利？”月光如墨，简淡晕染数朵闲置的残云，勾勒出浓密叠映的枝梢、树影、花形、花脉。

深深浅浅的幽音，时息时止，波浪一般，捣人鼻心。

“我家那里有位老太太，总是随手摘几朵桂花，和米一同置入电饭锅。据说，蒸出来的饭自有深香……”那么沉淀寂静的繁华！我们伫立着，久久，久久……朋友说：“话虽如此。但是，你想，人人皆如此一朵、两朵、三朵、四朵地采，酿酒，煮茶、熬饭……无所不为。枝梢一空，那么，又有什么能留予秋日？”

“我以为事物只属于懂得它的人。”我静静地说，“在这小区，一共植有二十余株桂树……却也有人在这里一住二三十年，既不曾看见它，也不曾嗅着它；既缺乏眼睛，亦没有鼻子……而我，在初来的第一、二年，已识得所有的花草植物，了解它们的位置、姿势、季节、颜色。于是，春日，我能毫不费力地搜集几束见泉草，采撷数枝藿香蓟……即使此刻，闭上眼睛，我亦可以为你寻求一些紫色的龙胆花……”

……那是我之所以自居为主人的原因吧。我静默下来，在漂流的言语中，检视所有深埋书帙与草木间的岁月，还有，那孤意的疏离和远遁！

“你真能诡辩！”朋友大笑，“但是，你总不可能大白天明目张胆地摘吧！”

啊，是大白天，而且，一贯素衣白裳……浅而有致的秋阳翦翦筛出偷盗者清明的身影。

一向朗天白日，映入风中眼里的偷盗。

却果然因了友人的话，决定将桂花桂香还归秋日的园祇和行人。

托钵，只待天阴雨落。

那时节，即若桂子不落钵中瓶间，必也随着霪雨飘零散落，旋入泥沼，一样平白辜负。

我无非仅以自己的十指，取代风雨的千手千掌。撷取必萎必弃、势必空灭的躯体，合入钵瓶，藏于经卷香堂之中，留待他年返魂……

大千

低云压着袖口，压出大片欲雨的冥晦。

轻轻地，以如羽的手，梭织往返于枝梢叶隙。青花钵碗翦落一絮絮皑白杏黄的花页。

那么柔软、纤弱的花！薄霜一般，轻轻一触，便百朵千竿，幻为雾雨，无声下坠……

那坠落，也是极尽沉静、朴素的……一闪一闪，细细微微，像怕惊扰什么似的，向下铺展开一幅淡远的长轴。

穿掠的十指，一不小心，便带落一阵雨。

长轴上的图纹峰峦般愈积愈深了……

望着轴上花末，时常想，但有膂力，即可仿效陶侃搬砖，却得非有修行人十分的温柔耐性，始可不躁不急，一梗一蒂，轻拢慢拈，向桂树化缘乞香。

“这是什么树？”推着婴儿车的妇人停下来，打量了一会儿，好奇地问。

“桂花。”

“做什么用呢？”

“将桂花洗净，晾干。稍后，一层花瓣一层糖，封入瓶中，便是桂花露。可以置入糕饼面包中，或只用清水化开，淡淡地饮，看碗中缓缓展开的花瓣。”我停下手边的摘拾，示范教学一般，一个步骤一个步骤地仔细解释，“或者，浸入米酒头中，加上冰糖，陈上一年，一开坛，便见浓冽沉醉的花香……”

“花啊，花啊，好多的花……我也要采。”推着婴儿车的妇人闲步远去。阴霾的空间起了一阵骚动，涌进几个孩童。

一只褐黄的小狗浑身草屑地滚了进来。

“姊姊，我们把花摘了，扔在小黄身上，好吗？”小女孩晶亮着一双大大的瞳仁，对着大她一点点的小姊姊说。

“好啊，好啊！”枝梢乱了起来，千竿花雨一并坠落。

孩子们热烈响应，七手八脚弄着枝桠。

小狗满头满脸立时稠结上一朵朵凌乱的花絮。

“好可惜！”我的动作下意识地随着孩子的呼声惶急起来，想趁他们尚未将花朵虚掷之前，揽入钵中。

低云依旧紧紧压着袖口，动作却悠悠沉缓下来。

“是太急了……”仅止数分钟的怔忡，托钵者返回原有的步调，“一切无非缘于偏执妄计，纳入钵碗，固是惜花，与宠物嬉游，又何尝不是？”

当童稚的时光走远，满脸飞花、追风舞蹈的小狗亦可能是某些人生命中恒固的影像。

一个温柔纯真的角落吧！在那里，他们以自己的方式，收藏另一株璀璨的花树。

何况，唯有桂树本身始能决定它的赠予。

“树上有虫！”树隙叶梢，一个声音叫嚷起来，“好大一条毛毛虫！好可惜、好可惜喔！”

孩子们哗然惊散，小狗汪汪没命地追着远去。

霪雨霏霏映着托钵者莞尔沉思的面容。

那些虫吗？……我犹记得初时自己如彼一般惊骇逃逸，差几跌落手上钵碗——从小，一向极端畏惧各种软绵绵的爬虫——大至雨伞节、龟壳花，小至菜虫、果虫、花虫……任何长虫皆能引起神经的战栗。

年复一年，举樽邀魂，在花朵的蒂落间，逐渐习得与自然万物等同对应。以为，自己只是不速之客；螓首蛾眉，才是花主。偶尔，螫伤了，静静红肿、疼痛数日，以为合该是干扰窝居的小小代价——主人永远有权驱逐冒昧的访客。

渐渐不复畏虫——静室独坐，可以闲闲谛观老鼠纵走，一条蜈蚣款摆着纤纤长足，曲线优美掠过榻席而去。

而今，若有虫子不慎跌落钵碗发茨、衣间手臂，便悄悄折下一枝叶片、枯枝，不动声色静候它们摸索攀爬其上，再悄悄遣回故里。

弘一大师冥诞，友人捎来两枝淡青的莲荷，述及一段轶事：据说，大师晚年，每每落座卧席之前，总要先摇振座椅床榻，好让蛰伏其间的微细虫豸警觉逃逸……“约略可见风泽二一。”友人说。

“不过只抵弘一一根毫毛罢了。”——同体大悲，是诸佛心海。然我，茅茨不翦，既酒且肉……仅仅只是鸣琴垂拱，与鬼神书卷、花鸟虫豸隔几相对……

犹有瞋痴爱悦，如秋夜昏雨，寂静穿滴瓦檐……

禅偈

“漫眼繁花皆自在——但是，何处呢？何处是那枝可悟之花与勘悟之人？”素白的亚麻晾过一季季温柔的赠予，托钵人仍立于枝下，泠泠叩着空钵。秋风夕照斜掩着瘦削的指骨。

花容酿入剔透的瓶中，季节卷入长长的袍袖——然而，什么呢？什么是灵山会上无可言说的一拈、一悟？又有什么能使粪衣百衲、独卧枯冢、头陀苦行的迦叶破涕展颜而笑？[1]须弥摇晃，芥子无言。

迢遥时空中，无上尊者以幽微目光越过尘沙梵海。静静地，它扬起手掌，向虚空探索，摘下一朵金色波罗花……

1. 禅宗肇始，释迦于灵山会上，拈金色波罗花示众。众皆沉默。唯有金色头陀微笑。世尊曰：“吾有正眼法藏，涅槃妙心，实相无相，吩咐摩诃迦叶。”从此立下禅宗“不立文字，以心印心”的法脉。

云钵

饕餮食草

因为有位善于食花嚼草，与潦泽野生皆为知己的朋友，于是，菊花羹与茉莉汤、昭和草与仙草鸡……犹如一个分子的增殖分裂，便有了三五好友聚资合开一家野菜店的愿望。由一只简单的食桌，延展为都会蜃影中数十张草叶罗布的台面。

“这真是饕餮食草了。”我说。

野菜店的旗帜尚未高悬，山居隐遁的日子依旧苔绿般绕着青瓦洗成一片平湖秋色。日常闲步，却多了一番心情——蒲公英于秋阳下点着一颗颗金黄的头颅。静静翻着书页，默默打量一茎茎摇曳的姿影，想着金黄的花絮，浣洗炊爨，散入白瓷碟中的姿态。木芙蓉于秋山上乍乍绽开一片皑白雪色。

曾经，这片皎洁的花容，对我，意味着一个胭脂红影，亡国忘魂的爱情；一袭因爱而染就，而沦亡、毁弃的芙蓉花帐。“木芙蓉白昼如雪，夕暮化为凄恻的酡红，像极了花蕊夫人本身的命运。”我总忍不住停下脚步，向身旁的友人细细追述，遍植芙蓉于城池四十里的后蜀孟昶，以及蜀灭后，禁脔于另一座纱帐，凄婉独吊，览画伤情的花蕊夫人[1]。而今，巴山蜀雨，褪尽的史页苍茫背过颜面，我采着一朵朵木芙蓉，堆入篮中，想着药书上记载“采芙蓉鲜花数枚，加入冰糖，熬煮成茶，散热驱毒”。

“到了春日，看来我们只好一人兜一个布袋，满山遍野四处搜寻野菜的踪迹了。”一位惯于行旅的合伙人打趣说。

玫瑰花裹东坡肉，白昙花镇冰莲子，野姜花漂银耳汤……一向不擅庖厨，更鲜翻阅食谱。书斋草草，悬着琴、剑、书画与折扇。青衫布衣，俨然一副书生落拓。乍然步入，分不出主人性别男女。纸上谈兵，却意外罗致一些清隽雅致的食谱。

“既是骚人墨客、烹花煮草，那么，何不供点特殊的酒呢？”朋友耀方自芙蓉城中习医归来，囊中捎满药谱、茶典和酒辞。我向他询及色色药草。然后知，荷花、辛夷、木莲、槐花、忍冬、木棉皆可以入茶。自然界中原本孕含无限欢喜赞叹——只是，现实倥偬，水泥丛林剥去人与自然万物的相亲相属。我们皆如驴马一般转于一己的石磨中。

“一、二月间，严冬凛冽，梅花初初绽开，乱山林野，便一朵朵拾取，置入酒中，即是梅花酒。”耀说。

是清极、雅极足以邀仙、供佛的酒了。可惜，梅实容易，梅花，却难。梅雨过后，母亲总喜于飒爽的阳光下刷洗新梅，覆上片片紫苏，藏入罐中馈赠亲友。偶有剩余，也拿来泡茶、酿酒。市井情况大抵如是——只听过有人出售一整座山的梅子，未曾风闻卖整林梅花的。设若便有——花雨飘忽，那极致的皑白、洁净，以及纤美、易碎，同样叫人难以拾掇。

“冷，澈，孤，傲，寒。”一件物事，无论有生、无生、有情、无情，但凡具有这类属性，皆难以以常理冒渎；何况，沽之卖之，秤斤论两，售于闹市。

何况，那么深，而静，而煦烂、华美，如时光之流本身一样层层相序的花影……恍惚间，我的脑海延伸出一排芜怠的石阶，一人粗头乱服，冠发丁零立于纷抛玉坠，风雪一般飘忽迷离的梅影中，回首低吟“砌下落梅如雪乱，拂了一身还满”[2]……又仿佛，霏霏雪地，一片岑白中，是一名玉色女子，缁衣素服，立于闲静无声的庵堂之外，挂着净瓶，一钵一瓢，搜集着梅瓣上的积雪[3]……逝去的古典刹那回过首来，隔着缤纷飘坠的梅瓣，与我遥迢相对。千年百年瞬间凝缩为寿阳公主眉心淡淡烙印的五瓣梅花痕迹。

原来，与时光同等不朽的，是自然与传说。生物，只是其中的雪泥鸿爪。鸿鸟逝去，自然仍展着无垠的岑白，继续以诗化的传说捏塑未来的心灵。

纵横亿载的恐龙和着死灭，冰寒凝为整个太古世纪未解的传说，然而，自然依旧存在，继续以繁复的变貌承纳所有已知、将来的生灭。

以自然为经纬，人类仅是层层花絮中，一介悲欣交集、倏忽淹留的影像：爱憎悲喜、沧桑兴亡，俱可编年纪事，串入一长串的风景、碑碣、草木、鳞介之中。

不幸，二十世纪末倒数的最后几年，人类业已创造出另一种价值、另一类自然、另一项生活态度——托钵衮野，成为都市蜃影中，一方犹待返回的净土。

净土中，再度烂开着如锦的芙蓉与似雪的梅林……自然，再度以熟悉的抚触，缓缓植入肌肤血肉，成为呼吸与生活的一种方式——

“不然，也可来点松枝酒。”耀在电话的一头提议，“三四月间清明时节，松树沐着青雨渐渐抽出新芽。便剪下那乍乍发出，极碧、极嫩的枝子，淘洗洁净，封入坛中。自然地，松枝缓缓酝酿出汁，凝成了酒，即是松枝酒——若要浓酽、烈性些，也可以直接浸入酒中……”耀低而沉的声音在深夜里，宛如新新出土的钟磬，他的叙述，也带着如是的风格：“但是，想来有点不忍。那新发的枝子像极了襁褓中依依抽出手足的婴儿，就这样一剪剪下，似乎……”

“别当和尚了。和我们一起合开野菜店吧！”我半开玩笑、半认真地邀约，“一并剪松枝下酒，造一造红尘罪业……”

梅花不易，松枝更难。而幸运地，在水泥与保利龙的世界，我却独独享有一方小小的松林。它带着春日寂静的雾气与似有若无的光点，沉静矗立于一条狭窄的山道尽头，林下疏落植着一丛丛盎然的茶树，松枝碧时，茶树已绽开一朵朵洁白的花絮，萤虫般一闪一闪窕窈映着视线。

“我的小松林！”我这样惊呼，在初识的怦然中，以年少的憧憬，为它勾勒一幅幅美景，仿佛它是我的——默然沉思的百余株古松间，曾经盘桓着一层层栉比鳞次的木造阁楼，宽坦的阶梯拓着步履磨蚀的痕迹，那是我的“创作者阁楼”。一所“养尽天下寒士”的小小据点。我用它涵纳所有穷愁潦倒，唯独对艺术与人类怀有虔诚焦灼之心的创作者。

一座永远的庇护所，置放着无数自由开启的心灵之门，交换一只只陌生果敢的足印。

一间“垦拓者之屋”，人类的心灵自此无垠开垦下去，凿过地平与海线、云端与地心……

那座雾影沉寂的松林深处，亦曾立着一座人迹罕至的青石庵堂，线香和着松香无声浮映一片修行的天地；向晚时，有木鱼与梵音幽微穿行过愈掩愈深的松枝。

还有，一座白墙黑瓦、水墨图卷一般的日式庭园……一座内藏万卷，外观、内容皆肖似一本古籍的东西书室……

小松林仿佛具现了自己的嗔痴妄想，挑起了淡泊隐居中从不自觉的庞大欲望。随着煮字日久，小松林的愿望愈显得邈远无期。“知音常非物主，物主惜非良人”——天下憾事比比皆是，情痴难抵无缘。然而，每一年，我总要定期拜访小松林，如一位注定无缘的痴汉，在树下长长眺望。

七八个寒暑长长眺望,从不曾想过向山里人家打听物主，更未曾想过剪松枝入酒。总是浮云白日，无所牵扯地自去自来。那是我的偏执与疏狂——我欲拥有一座须弥；未获须弥以前，宁可一介不取。宁可默默定格住心目中的形象，耐心地等。

那些松枝，意外提供了打听、牵扯的名目……

“啊，不！美丽的事物让人害怕。”电话的一端，耀的声音不安地摆荡，“我不能再说下去了……必须尽可能地厌离、远离……”

梅花松枝，一樽酒谱，短短数十分钟，我看见两个耀——抒情、美感的耀，与舍情、理智的耀；艺术的耀，与佛家的耀的挣扎。

认识耀，是在一间画室，我初学乍练，执着炭笔，一勾一勒，刻石一般，照着青白的日光灯环，临摩维纳斯惨白的塑像。

“我来看看。”画作刚成，耀穿着一袭灰青的背心，自松节油与油彩中踅了过来。拿起炭笔，不由分说，劈头就改。涂抹半刻，将笔交回我的掌上，说：“就这样吧！继续画！”

下堂课，我执着笔，片毫末着，动也不动，对着画幅坐了三个钟头。

“怎么不画了呢？”耀问。

“我正在瞭望我的废墟。同时，思考着如何重建——”回答，“你把它乱抹一通。现在，它是你的，不是我的了。”

“对不起，对不起……”耀一叠声地道歉，很谦和、很腼腆……

那是两个耀最初的分裂吧！率性而为、敏感、热情的耀，以及刻意磨平棱角，谦逊、平和的耀，两者的消长陵夷。

稍后，耀果然掷下画笔，遁入寺宇，劈柴种菜，开始山中修行。

而我，亦在另一个创作轨道中缓缓运转。书房里，锅炉鼎沸，恒常烹煎熬炼着一组组文字与影像，声音和形式。

数个月，半年……踪迹杳渺一段时间之后，耀会仆仆来至书房，相对跏趺，彻首彻尾将生命诸般印痕一一剖开检视验视。

之于我，耀宛如镜中映射，槭与枫般的相似相仿，我在他的激越敏感中，发觉艺术的精魄与神髓；在他的耽美惑美间，知觉修行的樊篱与魔障。

不同的是，我深深了解，一旦我仍无法割舍之于华严世界的悸动渴爱，一旦创作存在，惑美之心犹在，我便无法慨然削发出家。

唯恐披上袈裟事更多！

画笔易舍，痴心难断——这是耀之所以迟迟未曾剃度的原因罢。禅定、修持、中医、气功……长达数年，耀弃置画笔，屡屡更换道场，更换修行名目：那惑美耽美之心却仍于基底斫而复生，屡屡摇撼剃度之心。

在临界的一刻，耀总是戛然而止。

无论修行与创作，耀皆采取危疑悬摆的态度：戛然而止，稍后，持续悬摆，于钟表的滴答中。

这是槭与枫的迥然，也是耀之所以亦僧亦俗，而我之所以非僧非俗的真正原因罢！虽然，心灵基底，一样惊涛裂岸……

也因了同样的根由，才提起竟月出家，一番“饕餮食草”即引出梅花松枝，惑爱无明……

原来，艺术与菩提，曼殊与弘一，从来并非生命的殊相，而是某类生命共通的血脉与振幅。只是，有人沉沦，有人超越，有人倏起倏落，奔驰徘徊于两端。

琉璃净土，竟酷似普罗米修斯[4]斫而复生、沥血不疑的肝胆；也酷似西西弗斯[5]轮回相续，无始无间的巨石。

野薄荷与车轮草、金银花与藿香蓟……色色草木以更生的姿态，鲜活纳入生活的肌理，丰沛于行止坐卧。我想，我是活在一只绿色的茧中了。茧的经纬极长，延着绀碧的草色一路向前抛弹……一个简单的“饕餮食草”，竟食出了木芙蓉与李后主，食出大片缤纷的梅花与雨后的松枝。经纬继续延展，饕餮更行更远……食出一笔年少的嗔痴妄想、困惑无明，也食出一位年轻修行者的耽美惑美、悸动挣扎……

那么深，而密，得以大生大死、大气大魄勘悟参透的茧。“还不是化蝶的时候！”我对自己说，延着碧色经纬执一垦拓，默默树立一方方文字的碑碣。

当松风寂然吹起，自有松子成熟蒂落——

1. 花蕊夫人：后蜀孟昶的爱妃。宋灭蜀后，将之俘虏，纳入后宫。后亡于宋太祖赵匡胤箭下。见王孝廉《花与花神》。

2. 李后主词，“砌下落梅如雪乱，拂了一身还满”。

3.《红楼梦》中带发修行的妙玉，惯常收集梅花上的积雪煮茶。

4. 普罗米修斯：希腊神话中普罗米修斯为人类盗取火种而背叛诸神。神使鹫鹰啄食他的肝脏，而肝脏不断再生，形成永恒的凌迟。

5. 西西弗斯：希腊神话中西西弗斯受诸神惩罚自山下推滚巨石上山，而石头永不停止地下坠，周而复始。

舍利心魂

——于肉身的焚荼中，有舍利如花，蔓生于阒暗的棘野。

见过无数舍利结晶，或在涛声涌灭的寺宇，或在僧人灰衣的掌心，或在一女子银质的项饰中。（那名女子，记忆中，有着纤雅细致的音声，如同初春酢酱草上温柔的回影。那慧巧灵动、美丽非凡的面容，令人想起爱情，而非经文。）

那些舍利，有的透明、圆润如水滴。

有的红如山茶，乌若发丝，郁蓝如深海。

有的带着淡淡的泥金，如日式屏风上细笔点描的金箔。

有的缤纷璀璨，如宝石、璎珞，具现金玉华美的光泽。

有的胶着，沉滞，恍如漫街廉价泼洒的塑料珠串，带着赝品矫揉的气息。

还有的，静静卧置于鲜红的丝垫上，纤小、稚弱、苍白，犹若等待孵化的虫卵。

“若认识自心法性，何须执着世俗形相的舍利？”西藏尊者密勒日巴于肉体焚荼之际，涅槃的灵魂于十方虚空间向弟子发出警语，拒绝将荼昆的舍利留予世间。

以为凡属物质的，终归坏灭。那悠悠绽开于时空中的，也势必缓缓凋落于时空中……纵使佛陀，那无上的肉身，亦难免于成住坏空，亦难免于必然的灰朽垂老……何况舍利！

有形有相的舍利，无非仅是一栋宅宇上雕刻华丽的窗栏，并不等于宅宇自身。执着现实有形的舍利，犹如见皮毛而不知骨血。

真正的舍利，唯在识得本心，返归自我。

唯在以心印心的灵明一悟！

叶严宝刹，见惯了形形色色的舍利，以及形形色色随之而来的仪式与人性，渐渐能以一颗明净的心领会尊者密勒日巴“唯证圆觉，不取佛躯”的涵意，也渐渐识得，所谓舍利，仅是般若觉照、智慧彼岸的投影。修行者最终应该呼应冥合的，是布幕背后的光源，是投影者无上的心魂，并非布幕上曼妙奇谲的姿影。

然而，却仍然爱看舍利，怀着某种莫名的赞叹惊动，宛如眺望刹那时空中一朵最精湛莹亮、不可思议的奇花，一道由纯粹的精神灵明所凝聚、淬炼出的神秘轨迹。

那烈火余烬中灼然的结晶，之于我，向始并不意味着物质本身，而遥迢指涉某种难以厘测的精神的向度与深度。

赤红、宝蓝、黝黑、皙白……于是，面对一颗颗莹湛的结晶，我总忍不住惊疑，究竟是怎样一种灵魂，怎样一种深邃超绝的精神意志，使得单纯的肉体于死亡之际，超越了自然的定律，超越了平凡血肉的卑微与极限，于烈焰腾烧中，凝为一颗颗皎洁莹澈的结晶？

焚不坏的心

自物质的结构中，聆听精神下朽的鸣音，或者，这才是舍利真正存在的奥义罢。之于一部分人，它是信仰、是宗教，是信物与图腾，是净土佛国、菩提涅槃的可能与允诺。之于另一个摆荡于哲学与文学、现实与梦想的文学工作者，却是龟裂的旅程中，一道温柔、恒固、足具抚慰的雷电与闪光。

仅止是电光石火之际，那人的心魂有了初度的惊蛰和信仰——

那是一个懵懂恍惚、梦中行走的年少：总是勾着头，长手长脚，鹭鸶一般，默然伫立着，于天光云影间，专注搜寻内在的风景与声音；也是一个诗史迷狂的年少：犹如恋栈着水中倒影的纳西塞斯一般，以一种罕见的孤独与热情，深深耽溺于雪莱的诗篇，爱上那时而博爱、理想，时而狂暴、激越，时而孤绝、幽异、瑰丽、奇谲的心魄。

我是如许深深偎近水面，心无旁骛，以致有一天，猝然惊觉自己正置身于愤怒的车流之中，疾驰的车辆猛按喇叭间不容发地擦过衣裾而去。而后，瞿然惊觉，这是红灯，自己正以一种恐怖而从容的姿态穿越马路。

穿越的姿势奇怪而准确地进行了二分之一，梦游者自车轮带动的热风中醒觉过来：原来，这里并非永恒之城！我并不曾置身雪莱口中“簇拥着水仙与桃金娘，美丽得令人忍不住渴望死亡”的湖滨。

也因了同样的执迷，当我初次阅读到雪莱死亡的纪事：“一八二二年七月八日，雪莱与友人爱德华·威廉共同乘船越过斯佩齐亚海湾，途中突遇激烈飓风暴雨，船只翻覆，两人溺毙。数日，尸首冲至岸边。友朋为之举行火葬。烈焰中，独独残余一枚无法焚灭的心脏。诗人拜伦自篝火中将它抢出，交付玛丽·雪莱。一八五一年，玛丽逝世，诸多遗物中，雪莱的心脏被发现仍完好如初地包裹于他为早殇的诗人济慈所书的挽歌《阿多尼斯》扉页中……”

这则看似十分奇异、古怪，而难以界说的死亡纪事，瞬即以非常的震撼紧攫住我，在心中飙举为另一场风暴与狂澜：闪光中，我以为，我的一生所欲求的，无非只是一颗无法焚灭的心脏，如彼一般。此外无他。

一颗置于一切之上，岿然不动，烈焰无以蚀灭，时光难以袭夺的心。

一个唯一，绝对，终极而永恒，足以付出任何代价奔赴的目标。

那是我所识得的第一颗舍利。一颗有别于宗教，却召唤着等同的虔敬与信仰的死亡舍利。那颗舍利，如心之瓣膜一般，鲜红、炽烈而踊跃，于夜空中，冥然烛照，如婴儿缓缓舒张的拳掌。它使得死亡本身亦笼罩上一层魅惑的光晕，如水妖瑟冷的歌声[1]一般难以抗拒。

我常猜想，某类生物的本质中必含着如是神秘、幽微而难以搏抗的强烈引力，如同飞蛾之于火光；纵使泰半时候那人显得如许睿智、剽悍、桀骜而难以驾驭，如许足具洞察、批判、颠覆与革命。人们往往习于将他归纳为缺乏信仰的虚无主义者、怀疑论者或犬儒主义者。然而，那幽微一闪、众人视同无物的星火，却如同阿奇里斯致命的足踵[2]，使他坚信不疑地自焚而亡。

这是为什么在远方鼓声催促下，我奔向雷声与坦克、饥饿与灾难隐然暴动的边区难民营，那里，人类的命运如剥干的豆荚，干硬、涩苦、灰黄、焦败。恹恹然地，含着某种劫后余生的无助与苍茫。也是为什么稍后十年，我隐遁蛰居于一座幽闭霪湿的山脚，于飘摇的稿纸与缠绵的疾疫间倾力创作。

那时，霪雨竟月，洪荒叩着窗棂，扑闪的落叶如受伤的鸟群淅沥坠落瓦檐，竹篾上的草药泛出一点一点灰白、苍绿的霉色……而我执笔窗前，感觉握笔的指骨，愈来愈冷，愈来愈沉，仿佛形将石化——

在极尽的孤绝困窘中，足以煨暖的，只是一颗陌生、凝止、无法焚灭的心房。

而我极不甘心！

霉湿的稿纸氤氲着一行行颤抖的黑字……

“多么可怕！未曾见过有人这么急欲将自己的尸首焚成一堆舍利子的——这，有那么重要吗？”残影危危，书斋十年，友朋们如归来的候鸟，一个个学成返国。凡曾践履过那块土地的，我必询问，关于雪莱，以及心脏的传奇。

“翻阅整部英国文学史，没有谁曾亲眼目睹那颗不坏的心脏，也没有谁能证实它的直实虚假。一切或者只是子虚乌有，穿凿附会，来自神秘主义者和浪漫主义者鸦片式的催眠、杜撰……”朋友们通常半带戏谑地说，“何况，你真该清醒过来，再度踏入这马桶一样塞满各种物质、官能、粪便和垃圾的现实世界——在这二十世纪倒数计时的最后几年，提到‘永恒’，甚至连上帝也会哑然失笑。”

啊，是吗？！原来，汹汹浊世，人类需要的只是一包马桶通乐？

但我宁可拥抱那扑朔迷离、虚实莫辨的心脏舍利——虽然，创作之路颠踬迂回，我愈向下层层挖掘探索，愈深深地怀疑，相较于他人的姹紫嫣红，异卉奇株，我那地底岩穴中寂然自开的小小花絮显得何其脆弱丁零！当花叶凋零，是否能有舍利，露珠一般莹亮于一度根植的壤土？

却已不复再逢人探问那颗焚不坏的心脏。

知道，它在。一直是的……

只是，有的具象，有的不具象。

有的可以触摸瞭望，有的不。

有的幸运凝为传奇，有的淹灭如水中的浮沫。

不是吗？烈焰焚荼，炙烤过无数人类骚乱的心房，凝为一颗颗姿妍迥异的舍利，结晶于每一本张开的扉页，每一篇扣人的章节，每一行惊动的句读……

它们绕着人类的历史，绕着书室与灰尘，连缀成一座晶莹皎洁的心灵方舟。

每一段舟楫，每一条经纬，每一个纵横交驳的缝隙，皆灼然镂刻着一行姓氏：雪莱，卡夫卡，尼采，罗曼·罗兰，托尔斯泰，普鲁斯特，曹雪芹，三岛由纪夫……

飓风危危，呼吼着炮口、战乱、鲜血与疾疫……

方舟行驶，静默于酷虐激狂，滚沸熬煎的海面，投下冰雕一般冷静光洁的倒影。

落叶之歌

或者，真如佛家所言，一切依赖形体而存在的，皆如草木、瓦砾，皆难逃过时光之刀……它的形体，亦即它的极限，亦即坏灭的基础……浏览过无数舍利，至今，如乐曲的片段一般，能于行走、坐卧、思索的当儿，乍然浮现的，竟是那未曾亲眼目睹，由想象与幻设凿切的部分。

除却雪莱，萦萦于心的，是另一颗舍利：

它在那里！在一帧缠结着黑色丝带的苍白肖像下，在淡色的檀香与焦黑的烟丝之间……周身薄薄笼罩着一层淡绿的幽光。宛如深海中一株幽秘至极的珊瑚，静静直着身子，静静延展着树枝一般轻巧纤秀、玲珑剔透的骸骨。

粼粼的波光将它漂洗得异常洁净，洁净得近乎一种神经质，近乎一种孤僻的冥想。

肖像中的少年敧着首，恍如一支脆弱的鸢尾，以谜一般莫测的眼神，默默注视这株焚自一己体内，此刻显得十分冷净光洁的小小珊瑚。

一朵舍利花，他们说。

很缠绵的季节。门前十一株樱树列成纵队，淋漓着墨色的枝桠，于霪雨中凄悒书写春日最后的残景。

我立于阳台上，隔着雨幕，眺望这蜃楼一般的胭脂雨色。

电话铃响。

朋友消逝许久的声音自电话一头低而沉地浮出：

“弟弟死了。”她说，沉默半晌，像是解释自己经久的失踪一般，一个字一个字艰困缓慢地挤压出来，“就在过年前，骑着摩托车。一个意外。就这样突然地走了……”

霪雨充满了巨大的停顿。

许是由于先天的敏感、羞涩，或是某一类心灵的洁癖，朋友是一个非常木讷于以言语表达自我的人。一切言语，一旦涉及私人的情绪或内在的状况，之于她，皆恍如钢锯穿过巨木一般，显得迟疑、困顿、障碍而晦涩。认识她数年，印象中似乎从来不曾听见她说过一整段完整的话语，总是某些时断时续的词组、单句，某些朦胧晃动，只有上半联、缺乏下半联的句型和语意。以至于我们的交谈总仿佛风吹叶落——

“你明白了吗？”叶子沙沙发出一两个模糊、简短的单音，坠落至地面。

“我明白了。我明白了……”风礼貌、善解地回答，“如果言语是困难的，那么，请不必费心言说。我已懂得。”

然而，这个午后，落叶沙沙。朋友似乎蓄积了很多很多的话，如山坳中浓密涌动的雾岚。

“弟弟走得很突然，却很平静，仿佛没有一丝挣扎，没有一点痛苦……死去的面容，很美，很美……一样的皙白、清净。虽然是车祸意外，浑身上下却没有明显可见的伤痕。只是挺安静地躺着。”朋友的声音在阴翳的雨幕中不真实地游离，“我们把他移至寺庙……就这样，绕着棺柩，念了数天的大悲咒……佛忏完毕，尸体焚化后，我们收拾骸骨，惊讶发现骨灰中赫然余留一株珊瑚一般，微微透着碧色、微微呈现透明的白色结晶——”

“寺里的师父们说，这是舍利花。传说，舍利分成两类，水滴、颗粒状的，称为舍利子；不规则的，具有其他皱褶、形状的，称为舍利花。那样的舍利花寻常罕见，瑰奇非凡；而弟弟的，正属于这一类……”

“我们将舍利花携回，连着弟弟的遗像，供在神龛。每当见着舍利花，便忍不住想，究竟是为了什么缘故？弟弟就这样莫名所以地走了……”向晚时，雨息了，瓦檐上的雨滴一点一点敲梆子似的滴落在窗台上，沉而缓地伴着朋友的节奏，“这几个月，便不断地一面念着佛经，一面不断反复想着这件事……前几天，突然想通了——想，也许是因为弟弟太好……好得不值得活在这个世界上！不值得在这溷浊的人世继续受苦受难……于是，只好年纪轻轻，尚未受到污染时，干净地走。”

“现在，看到舍利花，像是看着一件纪念品。觉得很安慰，也很放心。想，弟弟此刻应该过得很好，应该没有烦恼……”

梆子般阒静的雨漏声中，朋友静静做完结语：“烦恼的，或者只是我们这些在生死的表相上纠缠打转的痴人罢。弟弟的死，对我，原来像是个死结，现在，却像个洗涤……想通了，所以，特别拨电话给你。这是一件很重要的事。”

重要？不重要？我想着生命中这群观念、思想、气质南辕北辙的朋友们，那人以为的“轻于鸿毛”，却往往是此人的“重于泰山”……

这群性情迥异的友人，恍如昏冥中姿影翩跹的蜻蜓，追逐盘桓于我孤独的路径上；我倾听着滂然的擦翅声，仿佛倾听着人类亘古以来的拔河。

也是唯一的一次，那最最沉默的翅翼撞击出了巨大的回音。之后，声音消融，事物回复原有的轨道。某个夏夜，我再度与友人相逢。当时，当着另一位朋友H君，我向她探询那朵舍利花。朋友突兀、急躁地打断我，说："我不想在其他人面前谈论这件事。"

当晚，朋友邀我回至租赁的小屋。是个窒闷酷热的夏夜，电风扇转着机械的头颅达达吹起一阵燠热的焚风，漫室沉浓的檀香绕着焚风卷入鼻心。"这是我弟弟。"在佛像、香炉、经文与长明灯间，朋友猝然抬起手指着一帧巴掌大的黑白小照，说："你可以挨近去看一看他。"

一个瘦削、皙白的少年半身照，微微凌乱着一头长发，带着少女般敏感出神的眼神……无法掌握朋友的心绪，也不忍拂逆她的意思，我迅速瞥视照片一眼，立刻回到手边的诗札，轻声朗诵起朋友的诗行。

而朋友焦躁地在斗室内踱步，狠狠抽着烟；言语，一如既往地困难、障碍……风扇达达地转动，少年的肖像，浓厚的檀香，与呛人的烟味复合成一道沉默的符咒。有什么禁忌，以及禁忌所需的仪式在其中悄悄完成了。

而后，我们若无其事地告别，像是彻底遗忘了一般，再也不曾提及这件事。

那株在春雨中，透过电话、音声，铺衍、构设出的神秘舍利花，却在我的思维深处，延伸着鹿角一般细致的枝桠，不萎不谢地绽放着。时光过去，愈显得晰白、剔透而纯粹。那微微的淡绿，呈现翡翠般坚硬莹碧的光泽。

一株虚幻而真实的舍利花。较之于高僧舍利或雪莱的心脏，更缺乏宗教、哲学或艺术、文学的依据，也更缺乏成立的理由。它仿佛虚空中突然具现的一株神秘影像，唯一可解的只是朋友之于亡弟深刻、独特的悼念之情。

因了无上的悼念，死亡的少年平平举起双手，延展两臂，立于篝火上，于熊熊炉口中，一寸，一寸，缓缓，缓缓，将形骸血肉蜕化为一朵晶莹皎洁的舍利花，置于长姊掌心。

霪雨潺潺，某个春日，和着钵中濡湿的药草气息，它再度绽开于作者的墨迹中……

1. 希腊神话中的女妖，其凄美蛊惑的歌声往往使得航行的船只触礁失事。

2. 希腊神话中的英雄阿奇里斯（又译阿喀琉斯、阿基里斯、阿基琉斯），全身刀枪不入，唯有足踵为其致命的要害。于是，匹夫一箭便令他毙命。

微草

『好灿烂的天！』我正想着，便听到母亲在轨道的一头轻轻唱起歌来。她哼着一首不知名的日本童谣，用小女孩一般细细柔柔、羞涩、稚嫩、微带胆怯的嗓音。她哼了又停，停了又唱，时断时续地接续着……

碧绿维也纳

记于母校新竹女中七十周岁

“维也纳森林”，
指的并非多瑙河畔，
名闻遐迩，人们必得拜访一回，
方才算是到了音乐之都的那座，
而是一块狭窄的带状之域，
荒僻盘蜷于教室，
操场的另一头。

“这么小的树林子？”朋友戏谑地说，“太夸张了吧！这也能称为维也纳森林？？？”

烟丝淡淡浮搅出紫丁香花独特的气息，渗着微微的柔媚，微微的甘甜。印度尼西亚归来，匆匆于行囊中塞入数包紫丁香烟，像是作为一种风土的回忆与怀念。我并不酷嗜紫丁香烟女性化的气味；然而，那胭脂一般妩媚至极的气息总令我恍然想起那座半倾半颓、浮漾于山坳水湄的浮屠废墟，以及那位趿着拖鞋、面目黝黑的乡村司机。每至休息，他总是像一块陡然矮沉的岩石，半蹲半踞，自衬衣口袋掏出半包扁皱的烟盒，一口一口，一支一支，不疾不徐地喷烟吐雾；以至于，那沉醉的气味如影随形，深深渗入每一方寺宇林沼，成为一整座风土唯一的印记。

我寻好位置，席地坐下，抖开行囊，取出烟卷，分派给同行的友人们。“嗞”的一声，紫丁香烟的气息瞬间充满了一整座熟稔得不能更熟稔的林子。

春阳于婆娑的树隙间筛下一朵朵鹿斑一般明亮的圆点。烟丝袅袅绕着身前身后悠悠扩散。我眯着眼，向遥远的一端极目搜索……

阳光下，一切景物似乎都急遽缩小，礼堂、教室、走廊、宿舍、篮架……一切皆如昨日浮屠，镌刻着依稀朦胧的光影……只是变小、变窄，缩短了尺寸……那曾经令我因了“带氧训练”而疲于奔命的操场，此刻，看起来仅像是只放大数千倍的熟黄煎饼；而我曾徜徉无数，浮想无数，摹勒无数的维也纳森林亦蜕化还原成一座不甚了了、胡立着芜树杂木的绿色摇篮。

“哈！这也能称为维也纳森林？”同行的作家朋友大笑道。

的确，很小、很小。莫怪朋友不信，再度归访，连我自己也升起了数分的惊诧。

十年的睽违，生命更行更远，走入一片年少的自己所不曾臆测梦想过的创作图景。随着心灵的更生成长，维也纳森林亦以等比分裂的速度在记忆中孳芽、抽长、蔓延、繁殖……终而如火燎原般澎澎湃湃涌为一片碧绿的汪洋。

碧色汪洋中浮沉着年少的回忆。当涛声击响，少年再度白衣黑裙，执着书卷，苍白着一张几近透明的脸孔，穿梭冥想于阳光筛落的林隙间。

草木连连绵绵向前无尽拓展，而穿梭亦连连绵绵永无止境地复现、重演，一次又一次……

惯常眺望梦中无涯的风景，于是，便忍不住之于眼前顿然缩小的林木也感到惊诧起来。宛如一个长大许多的孩子，袖着手，垂着头，望着襁褓的摇篮几分惊疑地耸了耸肩。

那树底的燃烟，亦宛如一位叛逆少年，以十分的挑衅，就着母亲的面前，猛灌下几口热辣呛人的烈酒；无非仅为了标举一己的成熟长大。“再也没有人管得住我了！”而后，半带天真、半带惆怅地，暗暗地猜疑，暗暗地窃笑，想：“老师们看到了会怎么说呢？教官、训导主任、校长又会怎么想呢？他们至多只是叹口气，笑一笑吧！可再也不能够揪住领子，记过、跑步、罚站了……”

不是吗？孩子已经长大了。

莫怪师长们奇怪，一个品学兼优得过度，连假日也不忘到校对着国父遗像孤独苦读的学生，回至母校昔日垂荫庇护之处，所做的第一件事，即是模仿太保太妹。

少年的自己，但见抽烟的女子，便要轻贱地以为，不是妖精，即是十三点。

一个目光炯炯，被同学称为“圣人”的少年。

少年走入森林，因了暑期一场重病。病愈出院，归返校园，高三的课程已进行两三周。“以为你要休学了呢。”老师说。从此，被列为严重机能障碍者，和另一位洗肾换肾的同学，两人一起，升旗、降旗、课外活动、体育、劳动，一切洒扫清洁，一概俱免。每日晨间音乐一响，同学们一窝蜂冲刺挤挨到操场，我陪着换肾的友人闲闲踱至医务室，看着护士撩起针痕密布的手臂，试图寻找一个可以下针的孔点。而她沉静地望着，虚白的脸上，带着平和温雅的笑容，像是别人给她的只是一把糖果。仪式周而复始地进行，每日清晨，我们在医务室翻着她的臂膀，像是搜寻着一张戳满记号的藏宝图。

扫洒时分，两人比肩齐立，遥遥站在风口，像一对隔菌包膜，听着室内桌椅磕碰，扫帚起落，扬起弥天的灰尘。

而体育时间，是维也纳森林幽谧美丽的辰光。一向无缘于任何肌肉体能的活动，我几乎以一种狂喜之心庆幸脱离体育的折磨。光影细细，风动微微，森林幽邃独立，阒静而安详……两位少年如一对白素的鹭鸶，张着疾病漂白的容颜，漫步、云游、冥思、遐想……自森林碧绿的一端徐徐梦游至另一端，再从某个沁凉的角落踅回烘暖的一隅，泰戈尔、叔本华、尼采、约翰·克利斯朵夫……游荡散落在枝桠疏拓的干木上。

维也纳森林犹如一位心灵的守护神，庇护着梦想、狂言、抱负、野心；也庇荫着恐惧、羸病、疲怠与焦虑。我将疾疫与死亡随着秋叶一并掩入淫湿的地底，在那里植上一株名为“理想”的植物。

我简直无法想象，联考催煎，那病吟书窗的一年，如果没有维也纳森林，生命将以何种方式空白失落？心灵又将以何种方式流亡惊变？

那时的我，并无从想象今日的缘会。

“嗳，真好！”联考发榜，导师松了口气，欢喜地指着我们说，“我真害怕你们两个哪一个捱不过联考。”

一班两个病号，果真难为了导师。

不止导师，竹女三年，老师们的厚爱高情，同学们的体谅尊重，我是深深理会，也深深感激着的。

也感激着在寸土寸金，功利挂帅的今日，究竟没有谁曾想过毁弃森林移作他用。森林依旧闪着昔日的光泽，安详伫立，于幽秘深邃的一隅。我依旧可以指着那披离蓊郁的一隅出声高喊：“看！维也纳森林！”——虽然她未曾如我梦中一般浩瀚壮丽，广漠无涯。

很小。但小得很安心，很舒泰，也很自由。

宇宙虽小，但心灵广邈，思维无垠。在这片碧绿的汪洋中曾经流出一位于文学领域中开拓前行的年轻作者，那么，还有多少美学家、艺术家、科学家、社会学者以及人文工作者将从这片汪洋中腾涌而出呢？

春阳泼洒，森林张着宽柔的臂弯，与我安详拥抱：“嗨，你长大了！”

“嗯，我长大了！”我倚入她的怀中，擦亮一闪火星。

天鹅之歌

更生

那是春末的黄昏，白色梨花逐渐萎谢，结成一颗颗橄榄大小的新实。我和母亲，一并穿越过绵延的果园，展开例行的漫步。栉比鳞次的梨树，在幽静的黄昏中，一部分静默悬垂着青涩的果实，一部分犹自怒放着白色的焰火。一部分皑皑皎洁，一部分苍茫萎落，而另一部分，却在颓萎中孕生茁长。

花与果，繁荣与萎谢——同样的景象，如一场温柔的梦境，舒缓展开；梦里，流过洁白的花海，流过凋萎的园景，流过依依成长的青果。

丰沛的花海中浮沉着碧色的枚果，逝去的昨日中透着明日的曦光。梦境温柔地扩展，不愿醒来，在一排排果园，在一列列枝桠，在一簇簇毗连相依的花叶间……宛如一场仪式的发生，生与死，在刹那奇异地交叠——一个即将死亡，一个正拟新生。

那些将逝而未逝的，便在黄昏的残景，在满天艳丽的流霞下，偶尔瞥见自己死后的容颜……

隔着暮色浸淫的枝桠，在一群陌生、青涩的实果中，它们怅惘搜寻自己存在的足迹，一一印证所有过去活过，现在发生，而未来即将开始的故事。

它们辗侧守候，在死亡的刃口，恐惧而焦虑。又是一页花瓣的萎落——果实的萌生！在时光的罅隙，它们伫足凝望，撒下一页页的怔忡疑惧，逐渐学会以微笑告别死亡，满怀安然……

原来，故事从不曾真正结束！

透过死亡，将有千亿崭新的生命吹响号角，同声复苏。

恍如一场乐曲的交鸣，唯有结束上章，才能启开下阕。在未来者无辜的颜面上，原本烙印着逝者顽固的血脉和渊源；自始至终，从不曾消逝过……

轻声阖上棺椁，或者也是爱的千百种方式之一。

同样的经验必也以心印心、发生于初生的果实身上，

"啊！那就是昔日的我吗？"寂静凋萎的姿势、纤弱皎洁的叶瓣，必也曾在后者童骇的心灵写下无限的惊叹。

如是，夏日，我们收获果实，却盛满一篮篮雪白的花絮。那些为我们所遗忘的历史，那些微笑的春光以及挥别的姿容，仍持续落于漫不经心的提篮中，一茎茎、一桠桠，柔软、芬芳而洁白……

每一颗丰圆硕大的核心之中，仍藏着一页皎洁的白瓣，恍如冰山沉默的基底。它们带着起自胚胎时期完美的印象走入收获者蒙昧的提篮间。

慈 忆

连绵的果园间夹着一方小小的菜圃。春日的园圃竟开满了各色各样的花絮：

茼蒿是炽烈的金黄与深褐；萝卜花是淡淡的粉白与浅紫；茴香擎着一圈圈优雅的黄色花轮……

夕阳下，菜圃与花叶都镶着一层薄薄的金边。

一个农妇弯着腰，执着一柄长杓，一起一落地为菜蔬浇水。杓柄、手背、发丝及轮廓也镶着一层淡色金边。

母亲站着望了许久。突然，转过头来，问我："你还记得家里从前的菜圃吗？”

我点点头。空心菜、小白菜、油菜、甘蓝、莴苣、番薯苗、丝瓜、西红柿……四季轮流在那方园圃上上演着绿色的喜剧。我不记得母亲年轻时候的容貌，只记得她弯曲的背脊。

弯曲的背脊。那似乎是一帧定格的胶卷，唯一记忆的影像——母亲似乎永远是那个样子，弯着腰，从早忙到晚，一会儿在菜圃里锄草、浇水；一会儿荷着菜担，上市场叫卖；而后，挨家挨户取回馊水喂猪。

除了菜圃，我还记得一间盖着茅草的泥屋子。一颗颗雪白的蘑菇从蕴满霉味的空气里，探出又圆又亮的头颅。那些圆滚滚的头颅又随着母亲的担子流入市场，了无踪影。我们能在碗里尝到的，至多只是一小段白色的梗及蒂。

童年时，心中有了一种奇怪的疑惑与混乱的发现：“原来，种菇的人，往往只能分配到蒂头。”如此复杂而扭曲的真理，如一束强烈探照灯，在我成长的道路上，一次又一次，闪了又闪。

“那么，你还记不记得？一次你生了病，大概是‘黄疸病’什么的，闹着要吃苹果。我挑着一担菜，卖了一整天，才换来一颗苹果——那时节，菜真贱啊！一整担，才值一颗苹果！”母亲淡淡地说，口气平平的，像叙述一件毫不相干的事。

我沉默了，完全无法想起那颗值一担菜的苹果的滋味——那么珍贵而重要的苹果竟彻底在我生命里失去了痕迹？或许，那时，我还太小、太小吧！小到可以任性、糊涂地对着一向严厉的母亲大吵大闹——

母亲一向以严厉的管教驰名。家里恒常挂着“家法”——几把粗细不等的藤条和竹杈子。当我太吵时，她便用一条麻绳把我绑在廊柱上，任我哭闹，自己自顾自地照常干活。如果我更不像话，就依照错误的大小，施用家法。

能够唤醒我的童年印象的，倒反而是那几根早已拆毁的廊柱，不复施用的家法，而不是那颗异常珍贵的苹果。

唯一与苹果搭得上一点关系的是：当我初入社会，开始有了一些可以自行支用的薪水时，我总习惯买回一大袋的苹果，装入一个大竹篮子里，摆在眼睛望得到的地方。并不吃它们，只是嗅着、看着，莫名所以地爱上了它们的颜色、气味，以为那里装着温暖、安全，以及一些永远无须畏惧、无须匮乏的什么。

苹果搁了两三个月，软了、坏了，便撤掉，重新再来一次……如许反复轮回，恍若某种必要的仪式与魔咒。稍后，魔咒自行消逝了！在某个春日，某座拢着金阳的果园与菜圃间……当我终于知道，严厉的母亲原来是爱着我的。

天　鹅

彤云追逐流霞，一朵朵缤纷卷扬。两侧皎洁的梨花无声静默萎谢。我们穿越夕照的田园，来到一处芜乱长着杂草的荒地上。

两行废弃的轨道，锈铁斑斑，闪着晦涩的幽光，孤独延伸至地平线的另一头。

“我们来比赛？！”母亲说。

是多久以前的游戏呢？母亲站在岁月的一头长长等待，直等到她的孩子长成一个和她一样的成人，才重拾这场淹没于劳苦生活中的游戏。

我们开始在铁道上竞走。

一前一后，母亲一路雀跃地跑在前头，摊开两臂，张着平衡的翅翼，往前奔驰。我放缓脚步，渐渐落后，用目光注视这场已然分出胜负的游戏。

漫天绚烂的流霞，如迸射的烟火，朗天阔地，向绝处、穷处极力泼洒。天空里霎时镶满了朱红、金澄的蜀锦和粉紫、靛蓝的雪纱。一钩钩、一帘帘，四下纷披流洒。母亲黑色的剪影，恍如传说中的金翅鸟一般，负着霞光，奔向亮丽的彼端。

“好灿烂的天！”我正想着，便听到母亲在轨道的一头轻轻唱起歌来。她哼着一首不知名的日本童谣，用小女孩一般细细柔柔、羞涩、稚嫩、微带胆怯的嗓音。她哼了又停，停了又唱，时断时续地接续着……

潋滟的霞影里站着一个扎着双辫的小女孩。她穿着日本童服在轨道上蹦蹦跳跳，一面踢着石头，一面哼着歌谣。偶尔，回过头来，对我顽皮地眨了眨眼……

那张眉眼依稀是母亲！我呆呆怔住了。“怎么会这样？！”这个在我心目中始终壮硕强大，宛如一位赤足踩跨大地的女巨人，可以一掌托起一座打谷机，一肩扛负起犁耙和七个孩子的母亲！这个始终相信“棒子”比和缓的言语更具有教化力量，因而总显得严厉多于慈蔼的母性！

我迷乱了！

满天红透的云霞在摇曳的歌声中悠悠浮荡。在暮年的母亲坚毅、刚强的假面下，我几不可抑地聆听一位混沌初开，未受粗砺的现实、婚姻、孩子凿刻、磨蚀以前的母亲：一个单纯陌生的小女孩，立于未来之前，双眼朦胧，用童稚的嗓音一遍又一遍地歌颂幸福的梦想……

长歌

梨花萎而复开。在时光的甬道上，我颠颠踬踬地行走，执着一管汗湿的素笔。昔日的歌声与影像紧追着我，如一只簌簌转动的织机，在心灵内页织出一卷又一卷犹胜于当日的霓霞。

在飘忽而逝、瞬息闪现的颜面、声音、姿势里；在春日的山麓，遍野丛生的野草闲花中；在一只蜻蜓红色的翅翼，以及一只蜗牛蠕动的纤足间，我汲汲寻找内在于所有生命的“心灵弦音”，那些曾经遗忘且一再逸失的精神之弦。

它们静默地淌流。在纷冗的现实、交错的信息，以及混乱流泄的市嚣底层；静默地抽动敏感的触须，运行在自我的轨道中。而在某个温柔、美丽的刹那，拨动琴弦，唱出独属于它们的“天鹅之歌”[1]。

——传说中凄美哀怨的“天鹅之歌”，必不仅仅是一则美丽的神话，而是遍存于万物间的共同经验。它们弹奏着，或徐或缓，或低或高，汤汤涌动，在一只跳跃的麻雀足趾、在一只蟋蟀鸣唱的唇畔，以及一朵缓缓蒂开的百合之间……在极致的感动中，即使石头，也能歌唱！

不是吗！在砂砾、岩页粗糙的表面，在沉静的肌理与流动的脉络间，琤琤书满了无声之音。当你俯下耳朵，你便可以听到流水滔滔奔驰而过，近近远远，泛出绵绵清音……

唯有放逐自我，屏息凝神、冥入万化，那扇门扉才呀然开启！

是的，美的悸动与体验，必然遍存于万物之中，哪怕只是昆虫复眼中毫不成形的几个色块、片段，哪怕仅仅是数个恍惚的光点。是瞬息，微渺！

在荒废的轨道上，在堆涌的云霞间，我聆听着母亲的歌声，默默在记忆中捞取、拾掇另一个母亲的形象。闪入脑海的，是儿时母亲告诉我的童话，一则关于一头狗如何变成一株开花的奇树的故事；一件埋在抽屉中，缀着花边与蝴蝶结的母亲少女时期的衣裳；几朵母亲为我置于桌前的白色栀子花。

温柔向始存在着，在时光的夹页里，委婉、含蓄、隐忍、凝炼……

使我别开脸的，仅是盲目与偏执——

是第几次？第几个年头？我蓄意撷取严酷，筛落温柔。我将母亲遥遥定格于她所从属的位置与角色上，不愿更动。打从心底害怕她是别的——除了是母亲，一个足踩大地，巨大、威武、安全的女巨人。

只允许她是母亲，如此而已。

彤云逐页撤退，暮色轻盈掩映上来。母亲仍在铁道那头唱着歌。黑暗中，唯一雪亮洞开的，是我的盲瞽、无知……

啊，是了，盲瞽！不仅之于母亲，而是其他的人类、其他的声音。在我倥偬的脚步中，我究竟错失过多少生命？多少心灵之弦？

我奔驰着，急欲在纸张间铸造一个他方世界，一部不朽的金石之鸣；却忘了停下脚步，谛观与凝听。

不幸，千堆稿纸或者能造就出一部经典，一个狂傲的知识分子；最终，却仅不过是一个盲瞽于生命的傻汉。

从那个刹那起，在呀然启开的门扉前，我一步一步敬慎地走着。

汗湿的笔仍置于掌间，而一种生命的脉动，一项无上的尊重正在开始……

1. 天鹅之歌：传说中，每一只天鹅在它们生命美丽的巅峰（一说垂死之际），皆能咏叹最悲美、动人的曲调。这些无人能闻的曲调，恍如天籁。

伤逝二帖

之一
栀子·母亲·鹤孩子

小区即将拆毁……

许是敏感知觉了最后一季吧。今春，所有花草皆以一种异常的炽烈迸放、灼烧着，宛如倾生命所余——

樱花一络络旋织上来，丰厚饱满的形体，密云一般压着纤细战栗的花枝；艳极而虚脱的花蕊，浮白得不似寻常的山樱，更像日本风景画片中繁盛、靡丽至极的京都、奈良樱。

龙胆草擎着天井一般深邃幽凉的目光，向四野飘闪探询，草地间瞬时夜空般亮起千百盏紫色的星辰。

而栀子花皎洁伫立，高大的乔木皑白覆满一朵朵碗大的花絮，夜影里梦一般地温柔恍惚。

幽幽的香气，似有若无，绕着窗子，镇着夏夜焦躁的梦。

栀子花是母亲的花絮，属于年少沉淀透明的时光……

时光中氤氲着潮白的水气。水气里哗然抖散一片阴蓝的水田。鹭鸶振翅遨翔，苍白的羽毛刹那漂白了视野。

我正在长高，纤细的手足不住向四壁拉长。

是遍野拂满的鹭鸶所予以的印象吧。那个时节，母亲开始称呼她的小女儿是“像白鹤一样的孩子”。

隔着一面泥墙，古老的邮局宿舍紧挨着电信局。

墙的一侧，高大的花树着满雪白的花。白日，夜里，幽淡的香气，水波一般，粼粼错错，激荡着空气，激荡着鼻心。

鹤一样的孩子伸着脖颈，捧着书本，无声无息，梦游一般，出没于屋子的各个角落。

除却书本，心无所觉，一无所知。

书本。只是书本。

联考。没错。就是这么回事。

鹤孩子只是千万个上了发条中的一个。

书本。琳琅满目的书本随着迁游，散置于发条孩子行经的各个角落——厨房，客厅，餐桌，衣柜，阳台……

“整个房子快变成她一个人的大书架了。”父亲说，自字纸篓中翻出几本不知道为什么被遗忘在那里的地理课本。

紧挨着七月——很酷热的六月，不是吗？除却联考，一切俱在无止的遗忘之中……而高大的乔木，如许芬芳，如许宽大、柔和而洁白。

母亲系着围裙，自老旧的楼房走出，穿过泥墙，指着花树，鞠着躬，点着头。

木屐“啪嗒”拾级而上，她的手中多了几枝闪白的花。

那个黄昏，饱吸的香气沉沉沁染了屋宇，沁染了书折，模糊了一行行文字，鹤一样的孩子自晕眩中抬起首来，定一定目光——

讶然惊觉，万相寂止。静极的昏暮中，几朵清明的花絮，自透明的玻璃罐口，悠悠攀伸出来，素白而抚慰，明净而放心……

那个倦怠的黄昏，我初次识得栀子。识得唠叨的母亲背后无言的感性。

同一个黄昏，我开始相信某个僻处一隅的傻子所揭示的“一花一世界，一叶一菩提”。也开始承认，无论潮涌潮灭，众相何等妩媚喧哗，我所欲求的，最终，只是一张素白贞净，足以沉淀的面容。

只求安心罢了。

然而，即若素雅贞净如栀子，那凋萎，亦显得狼藉、凄惶而惊心。一页页的花瓣，皱缩着老迈的姿影，从内而外，缓缓脱水，缓缓曲扭，通体焦干黄败，宛如一位于病苦摧折中奄奄咽下最后一口残喘的耄耋老者。不似山茶，武士断首般的决绝激亢；也不似莲花，静默合十，将残散的花影尽皆合入体内，凝成苞状，还归太虚，还归初始的专注凝一。之后，如一位坐化的老僧一般，冥然涅槃，自在解脱，一任枯腐止于阒静的龛室。

既非武士的亢烈，也无禅者的寂灭，栀子的生命只是一场历劫轮回，于生死道场中贞净过、皎洁过、坚持过，也给予过、跋涉过、沧衰过的寻常人生。

那样的人生，红尘明月中，有讴歌，亦有凄伤；有欢喜，亦有捐弃；有赋予，亦有消亡……既生且灭，既成且坏，生生灭灭，成住坏空……

而我珍惜着这生灭坏空中渺然一现的芳洁。注视栀子的凋零，常常想到，所谓爱情，不在于看待花开，而是那人将以如何的态度面对凋零。

栀子，连接着年少的记忆和母亲，成为生命中独特唯一的花絮。与母亲相处三十余年，大大小小的事件何止千百。

然而，栀子花开，一旦触及相似的色泽与香气，年少的印象瞬即清明映现：光影依稀，氛围依旧，鹤一样的孩子再一次深吸了一口气，自昏暮中抬起首来，望着透明的玻璃瓶罐，以及罐口悠悠绽放的皑白花絮。

是什么样的情结呢？我不知道。

或许，素白的栀子赋予琐屑的母亲另一种深层美丽的形态。

我在那形态中初次阅读母亲，且牢牢铭刻。

栀子，是母亲的花絮。

之二
门上系着鸟笼的女孩

并不太常采撷栀子，一年唯有一两度，当思念显得太深，母亲又显得过度遥远……

我便寻来玻璃瓶罐，采撷几枝花朵，置于书案上。

我立于花树下。这是今夏的第二度。我垂着头，握着掌中耀眼的栀子，腼腆向前行走。迎面，撞见那位刚刚失去女儿的母亲。

是了，刚刚攀折花枝的时候，我隐隐听觉远方时息时止，风吹叶动一般不甚分明的啜泣；极低抑，极隐微的……定一定神，想听个仔细，却又消失了。

以为必然错听。

原来，是真实的！

仍然，垂着头，握着花，往前行走，不敢多看那位母亲。仅止于一瞥之际，她那十分瘦小空洞的面容，像被霪雨浸淫，浊黄的书页一般，湿漉漉、皱褶斑斑地展映在眼前。

向前走了几步，回过头来，默默站定，目送着她矮小的背影渐渐走远，渐渐没入树丛之中。约略忘了带手帕吧。仍举着灰白的袖肘，频频擦拭着。

不忍。想追着背影过去递上手帕，说些什么，安慰些什么。却由于素昧平生，而无法言语。

或许，她亦不希望被打扰吧。当我们迎面交错，她并不举手拭泪，只是熬忍着，抽搐着一张萎黄湿润的脸孔。待背着人离开几步，才忍不住拭泪频频。那肘子高悬着，不住颤动；那泪，约略亦是滂沱着，不住地流……

那光景，怕是宁可独处，亦不乐于见人——

是了，这公园，这黄昏，这霞彩渐趋消散的时刻，亦是母女两人散步的时光。当夏日烈阳火把一般地熄灭，仅余下一点紫灰的云翳浮撒天边，我恒常漫步于路径上，望着母亲偕同女儿，慢悠悠地穿过扶桑，穿过老榕，穿过茄柊，穿过朗丽明黄的黄槐，一高一矮，慢悠悠地闲踱于十一株樱树下。

因了极端的孤寂好静，我总是习惯性地坠入思维，习惯性地避开他人，避开可能的言语与招呼。

以致，虽然置身同一座公园中，却总在有限的路径中选择不同的区域、方向。

即若偶尔碰见，亦只是屏风一般隔着花荫、树丛俱各行走；或护城河一般，据着小径延伸的两岸遥遥眺望。

记得，最后一次见到这对母女，亦是一个昏暮。四围起着雾影，浮漾着一片润泽的水气。空中打梆子般，一滴——两滴——坠下数颗静悄悄、轻不带尘的雨点。我结束例行的漫游正拟上楼，看见这对母女悠沉沉地自道路一端徐徐行来。我偏过身隐入梯口，伫立阳台，静静看着这对身影穿过扶桑，没入水色雾影；心中浮现那个女儿望着人时怪异而凝固的眼神。

生命的旅程交叠过无数眼神：有的羞怯、惶惑；有的专横、粗暴；有的倜傥、妩媚；有的薄削如刀，有的躁郁似砂……但是，女孩的眼神却是我所见过最奇特难忘的一类。如标本般地呆滞、凝冻，却也有了活物的光亮、渴切，直勾勾地，像是牵了一条隐形的鱼线，以一种凝固胶着的神情，一眨也不眨地，定定瞪着人。

正拟出门搭车，一时惊愕，轻轻加快脚步往前行走。

脚步“啪嗒”追赶着脚步。女儿挣开母亲牵持的手掌，痴痴跟了上来。仍是直勾勾的眼神，直勾勾的盯视。

“你，怎么……这样看人？”略略定了定脚步，微微一笑，意图打破尴尬的僵峙。

女孩并不言语。仍只是伸着脖颈，展着一张平板、直鲁的脸，图钉似的，痴痴看人。

母亲自后头慌慌赶了上来，憔悴的面容堆满抱歉的笑容，瘦小的臂膀用力扯了扯女儿，将之带近一己的身畔，同时，低声制止女儿的无礼。

彼此一前一后总算抵达候车地点。正午的阳光照着柏油路面激起一片白赤的反光。同样凝固的目光，再度胶黏一般，紧搭搭地，稠结在身上。

隐忍着唐突直莽、令人难堪无措的盯视；直到上了车，静静阖上眼帘，将那对图钉似的眸子摒入黑暗。

“必然是自己有了什么闪失，有了什么地方不慎触动他人的心绪吧。”阖紧双目，无法寻及具体的根由：直觉地，却以为该回避这对目光主人的欢喜厌憎。

嗟兮默默。宁可白衣素服，滤尽万般色相芜杂，寂然运转于独行的轨道。

这是为什么在那个欲雨的黄昏，侧身阳台，目送那对形影没入水色雾影，不作正面招呼的原因。

不想那即是一个生命最后的拓像。

拓影尚在脑际。数日后，居住小区彼端的友人来访。两人隔着长榻，闲话着风物人文。“知道巷口那位门上挂着一只鸟笼的女孩吗？”朋友突然问道。

“见过——有着挺奇特的眼神。”略略叙说了昔日的情景。

“女孩昨日下午坠楼死亡了——”朋友索取一枝香烟，猛吸了两口，于乍乍扬起的烟雾中追述起这位门上挂着鸟笼的女孩。

不是什么惊天动地的伟烈剧情，而像是一个熟悉得不能再熟悉，复制得不能再复制的小小伦理悲情。门上系着鸟笼，笼中又系着一只绿头鹦鹉的家庭，一共包括五个成员：大哥联考失意入伍当兵；母亲罹患肾疾，住院，开刀，百般折腾仅剩一张虚飘飘的瘦脸；父亲则酗酒、赌博、彻夜流连风月，积下大笔债务。唯一的弟弟，正值险巇狂飙的青春，整日拉搭着一帮朋党打架飚车。夜里呼啸奔驰，飙得安静的小区鬼一样惊动狂乱。

是心性中某种反击命运的热情、责任以及傲气罢——母亲罹病、父亲纨绔、兄弟堕落……女儿只能发狠指望自己——她锁紧眉头，将一己埋入书堆，狂猛狠利地读。

读，读，读……书册愈积愈高，女儿的眉结愈纠愈深，思绪、心智却愈来愈模糊，日常言语渐渐脱去焦点……

一日，在课堂中，不知为了什么彻底崩溃了，被学校遣了回来。

女儿寂寞地在疗养院待了一段时期。病愈归来，撞见的是围绕门篱的汹汹债主——皆是父亲四十年来相亲相好的老同事老邻居。此刻，人人急欲索回一生清俭积累的资产。

女儿茫渺归来，发现素昔相善的叔伯阿姨们刹那一尽化为债主逼债索债的嘴脸。诸相诡谲颠倒，错乱迷幻，女儿的心更迷糊了……

她不发一言悄悄离开母亲，搭上车，一路来至公务管理大厦，径直登上十楼，一跃而下，头也不回……

“许是单纯地以为，以生命鲜血涂染在叔伯阿姨们的办公大厦外，他们便不复再找父亲索债吧——至少，那强烈的姿势总该有所惊动……”朋友肃然地说。

是了，极其强烈、惊动的姿势！我想着欲雨的天色中那一丛丛殷红的扶桑，以及女儿偕同母亲最后一次的穿越。

“遇见你时，母女两人也不知道是谁陪着谁看病？是去医疗心？或医疗身体？”隔着淡而涩的烟气，朋友复又怅惘地问起，“那日，你究竟是什么穿着打扮？”

“没什么。只是一件日常的白色衫子。”

一整个夏季，祆热的季风虚虚沉沉荡过衣竿，荡开一片长长短短、潋滟纯净的皑白。莲花于漆黑的胆瓶间开而复谢，不谢的是晾衣竿上湿而复干、干而又湿的白素。

我穿着一袭白净的衫子，如一缕阒静的隐泉，流过淘菜、洗衣，流过炊饭、洒扫，流过日常繁琐，纷冗诸行；最终，将一切悲欣爱悦，摧折蚀销，一一汇入思维创作，文字经卷。

一贯危险的夏日。异常的体质使我不住高烧高热。白色衫子于无可如何的酷毒中令人清凉止息。犹如带着一脉流水行住坐卧。

“不见也罢。”朋友默然注视我一会儿，叹息地说，“见了你，便难免要想，世上怎么可能存有如许幸福、美丽的人？更更要感到自己万分不幸了……”

“幸福？美丽？”哑然失笑于友人的形容。这数个字眼亦可能使用于我的身上吗？如果仅仅是为了这个，那么，女孩！无论如何我皆将努力跨过一己的羞赧腼腆，试图向你揭露那美丽幻相下所涵摄的危慑与失落，以及相较于人生真实的搏抗，你，我，以及千万个同类同侪于彷徨的青春所必须跨过的联考梦魇，不过只是一个小小的试金石罢了。跨过这道狭窄的砂穴，一整座浩渺的沙漠正等待后面——那才是生命真正挑战和试炼的开始。而你，起跑在线，即已懦弱地弃甲。

你，该将搏命一跃的勇气用于跨跃征服，而非死亡。

至于，那曾令人不幸误认的美丽，无非亦仅是一方于时空因缘中偶尔存在、偶尔坏灭的娑婆幻象。

之于万物愉悦和善的阳光，于我，形如火焰。于南太平洋的岬岛，严重的灼伤使得全身麻疹般密密麻麻布满一颗颗灼烫的水泡。于晕眩急捣的痛楚中，沸腾的血液犹如汹汹铁骑，执着戈镞，向四面八方，戳挤冲刺，奔踏砍伐。急诊室中的急救显然无法扼止燎原的发作。推开面部冷寒的冰块，于高热昏迷中醒来。镜中，吹气球般，浮现一个扁平肿胀的球体，失却眼睑、眼窝，没有鼻翼、鼻梁，缺乏颊侧、唇线……唯有两道短弧充作眼睛，一道长弧充作口唇，两颗豆孔作为出入息……

一个怖厉狞恶，五官阙如，人非人，鬼非鬼，唯有梦魇惊惧中才可能出现的恐怖形相。

于电光石火的顷刻，我刹那了知佛家所谓“连朽之法”，了知经文中“是身为空，离我、我所……如草木、瓦砾……”

复苏漫长而折磨：肿胀的颜面如一只干缩的瓜果，缓缓崩塌卷缩，现出五官轮廓；萎去的皮肉，刨木屑一般，松松翻起，飘坠在地面，露出新生的肌里。干死的水泡僵硬贴着肌肤，犹如裹覆着一层沙丁鱼皮般的粗糙怪异。

药物注射带来新的过敏：每一分、一秒，皆如虱子虫蚁般于胸背手足啃啮咬噬。得于长日长夜，垂目隐忍，不去抓搔复苏中的躯壳。

医生说："恭喜了！二度灼伤。烧得恰恰好，再多一点，到了三度，新生的皮肤凹凸扭曲，你就只好加入伤残组织了。"

很酷虐的玩笑。但是，这即是幸福的真相——不是吗？较之于真正的颜面伤残者，我有了更大的幸运！

复苏的颜面屡屡发作。在相遇的数个礼拜前，是一年来第五度激越的发作。我刚自混沌煎熬中走出，带着新荷的清爽。使你目不暂舍的，是那个霁月清明的我，而非另一个雨打危芰、隐蛰幽暗，无敢以面目畏怖他人的我。

如若其然，你必不肯、也无能步履紧随吧。

颜面仅为诸多病苦之一。更多的时光，病榻绵惙。昏沉沉，卧着，张耳聆听录音机中淹逝川流的声息，恍如隔世。父母戚朋，远近亲疏，俱在烟外。唯有风吹四宇，自南而北，越前而后，空旷来去，空旷拂下漫室翻飞的卷帙。

一锅稀粥，数只荫瓜罐头，伴过无炊无作的数日。

他人问起。便答“远游”。

的确，很远，很远的游弋。于大风芒野，与死亡的一场虚茫舞踊。

还有，关于荣耀与希望、欲望与爱情、贫窘与挫败、尊严与幻灭……那是基督、佛陀……乃至凡夫俗女，生为人类所共同经历——担承——分享的宿命与主题。于圣不增，于凡不减——没有人能幸运地拥有更多，或豁免什么。

不敢期待你超凡入圣，但是，却祈祷你青春的骨血至少拥有平安担承与前行的勇气。

你的母亲必然也是如斯想望的吧。

然而，什么也来不及言语。这个黄昏，我照样只能默立着，注视着那啜泣的形影孤独没入树丛。

唉，不幸的黄昏，我照样穿着一袭招人伤感的白衫子。

无可如何，紧扼着掌中的栀子，怅然地走。不知不觉又莫名行至那户人家的门前。

门上的鹦鹉如今沉默蹲踞笼中，无声无息，宛如泥塑。往昔，它是这个家庭中唯一正常健康的活物吧。见了人，总是吊高嗓子，以异常的精神活泼，向人高声寒暄、高声搭讪、高声打着呼哨……无论何时何刻，总是抖擞着一头碧绿的冠子，絮絮聒聒、嘈噪不休，以满溢的热情表达着一只鸟类之于人世模糊而慨切的欲望。

丧宅斜侧，一道山沟绕着小区蜿蜒奔流。狭长的沟隙、陡坡、石罅间，一种不知名的野花，一簇一簇，一蓬一蓬，灼然绽放，顽强而冶丽，固执而旺盛……那绽放，似星火，蓬蓬勃勃，不可扼抑。仿佛一经点燃，即将举着如荼的火种，一路焚至天涯海角、蛮荒极野。

曾经，折下一枝插入胆瓶。稍后，于遗忘的时光，花朵再度灼然绽放，再度地，自折断的根茎上，抽出一丝丝素白透明的根须。

我伫立着，紧扼着母亲的栀子，默默注视着这无比宏大、无比强韧、无坚不摧的自然。雨势大了起来，豆大的雨点笔刷一般霪霪霖霖劈扫着颜面。一朵红艳的花絮寂静飘落下来，坠入山沟，逐着流水，一点一点，徐徐漂流逝灭。

啊，这个黄昏，除却霪霖湿透的雨声，一切俱是无声的。贴着小小黑色“丧”字的屋宅寂静着，穿行其中的人影亦带着肃索静默的神色。门前的鹦鹉亦喑哑冻结于猝然的死亡中。

而我亦寂静着，寂静于湿透的衣衫中，寂静于滂沱的雨幕中。

观音慈颜

我坐在临窗的位置，静候侍者。隔着长巷，一尊白色观音赤足立于流云之上。纤长的背影优雅浮拓着玻璃壁面。

“为母亲买尊观音罢……就是这尊！”只是一瞥之际，一个声音在心头浮荡，渐渐地，衍为不可动摇的意志——而这一切，不过只是一顿饭的工夫罢了。一向淡然于物质，并不具有强烈的购买欲。这分执拗竟顽强得到了令自己也觉得诧异的地步。

何况，我尚未见过她的正面呢。

何况，翡翠的宝塔，唐代的舞俑……各色珍奇罗列于四壁，这是一爿气派不凡，足以令煮字的作者怯步的豪华店面。

但是，我的决心如许坚强。它执拗着推开那扇冷气门扉，笔直走至塑像面前。

“三折。”老板袖着手踱至身畔，“就这三天，清仓拍卖，结束营业。”

我默不作声，观音的形象令我迟疑——

不，不是丑陋，而是美——隽雅的长眉映着雪一般端凝幽静的脸庞，素白的衣袂上淡淡浮勒着青色的竹枝与竹叶。她极美，美得不似观音，而似蒹葭白露间绰约出尘的仙子。

问题是她怀中持抱的物体——左手为如意，右手为婴儿。

使我迟疑的，正是这肚兜红衣，肥手胖脚，仰望慈颜而笑的婴儿。他的存在说明了观音的身份——她是一位送子观音呢。

多么尴尬的发现！那婴儿，我宁可他只是一朵莲荷，一串念珠，一只法螺，一支拂尘，或甚至一把空心菜。

真的，甚至只是空心菜。

“古早古早时候，有一年，是个大灾瘟。村子的人死的死，中毒的中毒——水啊井啊饭啦菜啦，到处都是毒气——你知道，后来发生了什么事吗？”儿时，家中穷窘，母亲总是十分珍惜地将一颗宝贵的鸡蛋放在大碗里打碎，加上大量的菜脯，制成菜脯蛋。

然而，菜脯蛋已是难得的佳肴，更多时候，粗糙的桌面上只是一些腌渍的瓜果和简淡的菜蔬。“后来呢？天上打雷、闪电，下起暴雨，雨停后，从东到西、南到北，出现两条瀑布一样美丽巨大的彩虹。观音娘娘浑身金灿灿地发出万道光芒从彩虹上走下来，左边跟着金童，右边伴着玉女，怀中抱着一把碧绿的空心菜——”母亲一筷一筷地将空心菜夹入我的碗里，说：“空心菜具有解毒的神效。村民们的病一下全都好了。为了感念观音的恩德，也为了避免日后中毒，村民们便拿了铲子啦犁啦锄头啦，种下了空心菜——所以呢，以后肚子痛痛，不舒服时，就要努力多吃空心菜。”

母亲不识得几个大字，但是，却如民间游唱诗人一般，能以素朴动人的语言，自由编撰故事。及至成长，每逢夹着空心菜，母亲的故事总像一组温柔的咒语悠然浮现。我无法分清故事的虚实真假，却对这碧绿的菜蔬持着某种无由言说的独特情怀。

于是，面对这尊观音，在如许尴尬的发觉中，我真真宁可那婴儿换上一把空心菜。至少，会显得更有理由，更易解释点。

“没有别的吗？”

“没有。”主人说。

我该立即舍下，但是，无上绝美的容颜却叫我不舍。

我一直以为她是我的，打从只是背影、轮廓开始。那样奇异的固执，使我无法想象其他可能性。

何况，我真的很想买尊观音送母亲。

那是去春即有的愿望——那个春日，母亲重病住院，林口多雾，我恒常陪着母亲，自高高的窗口看着朦胧雾影中，梦一样柔美闪光的杜鹃。

医院中设有小小洁净的佛堂。我陪着母亲礼佛祈福，拿来巴掌大的佛像画片置于母亲的床首，来慰问的僧尼送了母亲一串木制的手珠。

病苦中涵纳佛缘。母亲约略那时开始信佛，及至病愈，仍然一如既往地，早晚总是持着一串青玉念珠，诵经祈祷。出门旅行时，便将念珠挂在颈项上。

遗憾的是，母亲一直未曾拥有自己的佛堂。

送去佛像，以便迫使节俭的母亲建构一己的佛堂——即是这尊观音的缘起与缘会吧。直觉地，我以为观音较之于任何神佛更适合母亲，因了同等的母性和慈蔼。

“怎么还抱个婴儿？有没有搞错？”拆开包装时，大家皆吃了一惊。兄弟姊妹们争相调侃。

“这是有玄机的。”我缓缓陈述编织多日的借口，努力强调婴儿存在的必要和好处：

“如意，代表吉祥如意，永远得其所愿，顺遂称心；婴儿，则是多子多孙，瓜叶绵绵……供在家里，才是福寿双全。”

“还是莲花好。”父亲说。

母亲淡淡的，不作任何表示，不说好，也不答不好。“很贵吧？以后别花钱买那么贵重的礼物。”她只是瞧着我平平冒了一句。便忙着清理桌面，铺上桌巾，取来瓶子和水，将我送去的兰花和观音一并摆置在桌面上。

“花了多少钱？身上钱还够吗？”稍后，母亲悄悄将我唤至房中，取出钱包。我们僵持了数天，及至临行，送我上火车，口中仍只是一径重复“钱够吗？”同时，试图将钞票塞入我的袋中。

母亲看来并不喜悦观音。她的心思全放在我的出纳上。

然而，观音或果带来幸运。一年后，迁徙二十余年之久的父亲果然得偿所愿调回故乡。母亲执帚扫榻，于修复的阁楼上辟建了一座素净的佛堂。堂上供着经文、念珠、檀香以及一对翠绿的万年青。

正是樱花绽放的季节，白衣观音展着无上慈美的容颜与红衣子息相视而笑，静谧的，于母亲诵经的声息中。

乌衫泣

黄垄

百合、菖蒲、蔷薇、星辰草、白云花、大丽菊、天人菊、紫药菊……高高穹窿的坟冢，龟背般驮载着不复追回的昨日。我们抚着尚未干透的黄泥，一朵一朵，沉默植着无根的花草。

灼灼迸放的花草于乍暖的冬阳下涂染成一片瑰丽动人的花圃。

如许的温柔、美丽，寂静而祥和！

一切皆静静停止了。花、草、黄垄、云隙里的阳光，以及灼烧中的孝服麻衣……皆寂然静止于无风的冬日。

那穿夜滴淌的啜泣也是。

唯有繁花一丘，灼灼怒放于朗天阔地间。

车子轰然发动。

我阖上眼睛。深深地将最后的视像，印入心底。

“不要害怕。”我安慰着垄中的父亲，“很多很多的花陪着您，并不孤独恐惧。”

“不要悲伤。”我对自己说，“一切都很好，很好，不是吗？”

一遍又一遍……

而后，繁花代谢，一夕、两夕、三夕，一周、两周、三周……在垄间、泽畔，在苗圃、花市，在某只瓶口，某座窗台上，在曦白透明的病院，以及溃裂解构的城市。

然而，一座繁花遍开的碑冢兀立着，不萎不谢，灼灼焚荼；拒绝遗忘，也无法捺熄。

我驮负着它，直到有一天我的呼吸再也无法拂动垄上沉默的花叶。

花忏

晚樱坠落的夜晚，我伫立阳台，眺望着夜空下寂寞遨展的枝枝枒枒。

穿耳的铃声震碎了春夜的阒寂。

“刚刚自阿里山归来。”空旷的线段一头传来二姊虚脱的音声，宛如染了一场疾疫，“父亲走了，朋友们唯恐我伤神，左催右哄，数户人家便携儿带女开拔往山上。”

正是观花时节。樱枝遍染，嫣红的花絮，如火如荼燎烧着眠卧的山色。杜鹃、朱槿、仙客来、炮竹红、九重葛……以及色色不知名的山花野卉也一并燎烧起来，宛如惊起的群鸟一般，高高低低，喧哗鼓噪……明媚奔洒的姿影，到处撞着人，提醒着人，刺激着人。

山径踅踅绕绕，人与花，纠纠缠缠，盲目一般，撞了又撞……

心，便一路拐弯，一路下沉、下坠……坠入狭而陡的井底。井中，水光潋滟，重重迭迭，烁烁灭灭，尽是爸和花的影像。

“妈，你怎么啦？”许是脸色十分难看吧，孩子摇着臂膀问。

“山色不好吗？”朋友关怀地说，“要不要换个景点？”

一时之间，我竟哽咽了。

我能说什么呢？

我能说是因为花吗？是因了花的缘故，提醒了爸的回忆，提醒了爸的存在与殁逝，提醒了葬礼以及所有的一切？

很难。

那是旁人所无法理解的罢——除却爸至亲的儿女。

于是觉得，必须和你谈一谈——

无法清算，父亲的辞世，在儿女和伴侣身上，凿下多少道陡峭深邃的井。从井底至井口，又是多少道艰危的结绳与攀仰。

殡葬归返，屋前的十一株山樱正孕育待发。冬阳一催，一两株早汛的春樱即照着蓝天亮开数十盏晶莹的花蕊。

病中疏拓，一袭乌衫，怅惘坐着石椅，怅惘追着初绽的红蕊，痴痴地想：

父亲一生，端谨自持，独独耽溺，唯酒与花。美酒易得，独欠知音；花汛难觅，犹恐季节。而我，那始终令父亲绸缪心伤的，却忝为他的酒友与花伴。寻常返家，相对而坐，午餐、晚餐，各俱一盏酒。深夜无眠，再酌一盏，醉入梦中。

酒虽润心，最最眩美动人的，却莫如花开：但见春花泼墨一般大块焚荼着郊野时，父亲是忍不下寂寞的。那泼墨般的欢喜惊奇着他的身心。父亲拾掇胶卷，拨动快门，过动儿一般地雀跃忙碌。伫立烟霞锦灿的花树，那与我酷似，却严肃数倍的面容，一如既往亮着孩童般天真而腼腆，羞怯而开怀的笑容，橙橘一般，朴素而谨逊。

季节沉淀为一张张色彩明艳的相纸。更多的时光，亲子睽离，屋瓦寂寥。父亲戴着一柄老花眼镜，弓着背脊，研着墨，颀长的指尖一挫一顿，书楷筒筒，照着纸背的空白，专注题叙着岁月年鉴、风景时宜。而后，一卷卷，由着年岁，铺排拼贴，整理归档。

“春末。花期将逝。及早归来。父。”岁岁观花，偶尔，错过花事，人犹未归。颀长的指尖便自相纸移至信函，寄来一式清简的通牒。

那时，总以为，花汛年年，今朝错过，尚有明夕！尚有数不清的寒寒暑暑，春春秋秋……

那时，总以为，守得花开，无非平常喜乐。并不知道，自开自落、无情花事竟可以近乎凌迟地触动与剐割。

原是一口陡峭深邃的忆念之井。

乌衣逶迤。和煦的冬阳，滤着初绽的樱瓣，滤着容颜、手、足，铺织着春光乍临的幻觉。

又复痴痴地想：这么个朗丽难得的大好时光！父亲必不甘心闷在家里，虚掷晴光的！此时此刻，约略衬衫西装，一身整齐，背着相机，昂首阔步，悠游在某条山径，某座寺院，某个街巷间吧……顶好，是撞及一株璀璨的花树，眯着眼，天真地和树一起合照起来。或者，便去了日常要去的观音禅院，卸下瓜果，和寺中老尼一来一往地喝起茶来。又或者，遇见了相熟的故旧，拉了过去喝了几樽酒……

但是但是，白烛映着白幔，寺中老尼不是来过数回，赠了奠仪，和我并肩念了数日的经吗？

那么长的经卷，和着念珠木鱼，无日无夜拨动叩响，延展着婆罗门女恸失亡亲，因了无上的深情执念，宁可血肉淋漓，自毁肢骸，务期冥游地府，再晤亡亲。

而冥府怖厉，血河汹涌。哀哀众生沉沦永劫，伸出一双青白的掌……婆罗门女垂下悲悯的眼睫——自一人的情深中，延展为“地狱不空，誓不成佛”的宏愿……

有情，易为魔扰；无情，则佛种断灭……

颠倒迷妄，时而冥晦，时而清明地想。一整个春汛，乌衣一衫，恍如囚系围城。城下，姹紫嫣红，随着花汛，杜鹃、朱槿、山樱、龙胆蓬蓬勃勃繁衍孳茂，宛如汹汹急捣、不住增援的追兵，层层逼扣，将我覆于围城中心。

每一枝花茎，皆是一页烽火，一枚流弹……召唤着逝者，召唤着强烈的思念与追悔。

春城愁怅，唯恐花发。这是爸的儿女的理解和沉痛吧。

“客家习俗，向来没有谁披麻戴孝还执着花的。”姑姑婶婶姨姨们劝阻道。

然而，我们仍然一身缟素，执着花，涉向山头。

在沉沉封掩的棺柩上，我置下第一朵白素的菊花。

缘　悟

井底狭窄幽邃。随着淡去的冬景，缫丝般温柔低回的光影，一点一点照着井壁，一点一点明亮起来。

薄荷绿的岚雾中，飘浮着一只只透明的手，凉凉、静静地，拍抚着井栏。

长长地枯坐，坐断了如捣的花潮。累了，倦了，便倚卧着灰釉色的樱干，阖上眼帘，混沌发呆。

一两闪樱瓣无声无响坠落下来，叩着乌衣，不似雨点，而像一株丁零的影子，怯怯轻触着。

是多久了呢？一株小小的，瘦削羸弱的柑橘，竟傍着老樱，抽开一蕊蕊皎洁的花絮。

阖上眼睛，混沌的宇宙中浮着皂类般温柔谧静的深香，浮着似有若无的安心的声息。

“请想一想，我们开花，是为了伤害？抑或为了爱的缘故？”

“再想一想，那张书墨淋漓的手笺，是为了爱？抑或为了伤害？”

“倘使不死不活，便是你之于我们……之于自然……之于父亲……还有爱的答复——那么，孩子，你尚未踏入门坎，也未学得什么。以致，将礼物视为毒药，祝福听成诅咒。”

“孩子，孩子，孩子……”澄澈的深香凿着井壁，柔柔拍抚，柔柔安慰，将人轻轻托起，送至井口。

仍然无法忘却春来的怔忡与思念。年年春回，我坐在高高的井畔，仰着头，望着重重蕊蕊，馥丽低垂的樱枝。朗天巍峨，每一页花瓣，皆是逝者之于生者至深的眷顾与温柔的祝福。

而父亲，坐在身畔，和我一起仰着头，很天真，很天真地笑了。

旅人

『你压得我沉重得透不过气来。』影子对旅人说，『没有你，我将更自由。没有你，我将更旷达……』

『你不妨用这把刀子将我们割开。』旅人为影子购买了一把银质的匕首。

影子抽开刀鞘，照着夕阳望了望：『但是，没有你，我将无从瞭望蛇蝎的洞府；自然地，也无由解释乐园的闪光。』

将名字写于水上

——记威尼斯

逆溯千里

“水都威尼斯”。

一个久远的地理名词，缠绕着年少的梦魇与梦想。

梦魇，因为熟记一座陌生的城市与街道，河流与方向，已成为联考下不得不然的负载。

梦想，则由于逸脱的心灵，急欲寻找一座布满水域，宜于漂游的场景。

泊碇的船舶、混乱的桅杆、麇满“生之欲”的码头、妓女与水手，意味着另一解禁的世界。

那是马可·波罗从来之处，也是莎士比亚《威尼斯商人》

的背景。前者象征了浪漫冒险的情怀，后者无疑标举了现实生活的世俗与市侩——一个“割肉易金”的文明食人族。

如是东、西交换着不同的心情：年少的马可·波罗憧憬着一个神秘的东方；而我则以同样的青涩，急欲逃脱“大陆”“台湾”之类的窠与牢笼，马可·波罗的黄金城堡与罗钿，于我，并不存在。（或者，该说，即使存在，也仅意味着历史偶然的积淀与包袱。）

我但愿只是一条游鱼，泅开岛屿，面向更自由浩翰的汪洋。

这片汪洋，或可暂时洗涤一位中国的知识分子长期的困惑与焦虑。

于是，定时的脱逃成为宿命中不可匮乏的定律。

我总是去而复返。逆溯千里，仅为了寻找更生的勇气与力量。仅为了再一次返回我窄紧的岛屿、囚室，伏案桌前，聆听潮打孤城。

旅行，是炮口下短暂的喘息。

风华年传说

我们在午后抵达威尼斯。阳光宁静映照着古老的水域，晒着一度辉煌过、睥睨过，而今，却在岁月中显得十分疲惫、沧桑的城市。

威尼斯恍如一位褪下珠光、脂粉尽失的女人，在泥污的水巷与渠道间，静默展着苍白失血的容颜。

一段逐渐佚失的传奇——没有黄金铺盖的城堡，没有国王、公主游行的行列，也没有华丽的盛典与宴飨，这个一度冠盖云集、傲岸国际舞台的世界港湾，世界最伟大的造船厂，宛如一座抽空的舞台。昔日的声光舞影、威赫显势一一消失殆尽，仅剩下一座布满奢华布景的舞台，上面密密爬满了喧哗的游客，他们抚摸着皱褶斑斑的布幕，敲响每一块沉睡的岩寨、跷楼，企图唤醒昔日的荣光。

她让我想起一个美丽的女人：冶艳绝伦的埃及艳后，如果不曾在牙尖与毒液中死去，那么，威尼斯便可能是她最后的残景罢。

年轻的游客走近她血肉尽失的形骸，在衰老、空洞的框架上，眺望出一整个时代无匹的风华。

“一个绝世的美人。”他们会说。一代接着一代，口耳相传。

那无上的风华便如许巧妙地被维护、装饰着，经由一代代，来自世界各地的膜拜与想象。

蛋与野鸡

我们在车站附近徘徊，寻找一种可以抵达市中心的交通工具。

而后，我们终于发现，那些我们以为的“陆上交通”——公交车、出租车，乃至摩托车、脚踏车一概不存在，只有船。

除却“船”，便只有“腿”。二者其一，搭船或步行。

曾经，到过素有“东方威尼斯”之称的曼谷。满以为，威尼斯不过是它放大的图像——一条蜿蜒其间的大运河，加上邻水而居的住户与船民，以及广大的城区与干线。或者，有更多的运河与渠道，更缤纷络绎的商埠和码头……

来到威尼斯，才知觉，用一座城市模仿另一座城市是多么草率、危险的事，其谬误正如同我们总习于率尔用一个人比拟另一个人。东方的威尼斯并不存在，正如同并不存在另一个中国的沙卡洛夫，或马尔克斯、昆德拉。

一切粗劣的复制与赝品，并不恒等于真迹与杰作。

“伊拉斯莫斯生蛋，马丁路德孵卵。”十六世纪时人曾以此比喻这两位宗教改革者的关系。

之于这项比喻，伊拉斯莫斯曾以嘲讽的口气答道：“我生的是鸡蛋，他却孵出了只野鸡。”

雾中闻橹

就某一点而言，曼谷绝不逊于威尼斯。而就另一点，举世绝无另一个威尼斯。

一个不可模效的城市：她的美艳与衰颓，迷宫一般，繁如蛛网的渠道与巷弄，揭示了她独一无二的气质。我几乎无法想象，举世能有另一群民族，会以同样的怪诞与险巇、活力与企图，创作出一座等同的迷宫。

是了，她将姿影深深投映在粼粼波光中——一个完全以水捏塑、逐着倒影的城市。

人们搭乘着一种称为“瓦泊瑞特”（Vaporetto）的水上巴士在水面行走，自一个城镇涉渡至另一个城镇，往来于各个岛屿、地名、站牌之间，模样正如我们搭乘公交车一般。只是每一次的停靠与启动，皆需要再一次地系缆与解缆。上班族们西装笔挺安然自若地挤在船舱上，形象犹如我们日常赶搭公交车般。

那行船的路线，也如一般的公交车，以不同的阿拉伯数字区分着不等的路线。

水面上优雅伸出一截截细瘦的木桩。木桩上置着穹圆透明的玻璃罩子。一只只水鸟漂过水面，栖息在罩上。

初时，仅觉得奇特，以为是水都特殊的装饰，并不知道它们的用途。一俟薄冥，桩上猝然明亮，一盏盏辉煌的水灯沿着浩茫的水域，一路泼洒下来。昏夜吞噬了木桩的形状，仅余下一盏盏金黄的灯火，漂浮于大气中，瑰丽而奇异，恍如一个温柔悬浮的梦境和宇宙。

才知道，那原是他们的街灯！

所谓“出租车”便是一种达达作响的“马达船”。

还有一种称为“红多拉”（Gondola）的黑色小船，它的造形纤雅深秀，宛如一片悠长的柳叶。它半以桨划，半以篙撑，可以穿梭于威尼斯窄狭的水巷中，一种古典而昂贵的船具，宜于夜里闻橹听歌。

那即是“美丽”的代价罢。

然而，之于一个阮囊并不丰厚的旅行者，那样的美丽毕竟过分奢华了些。

所以，我总习于于人影散去的暗夜，静静寻找一座寂寞的石桥，望着一艘艘由远而近、幽灵一般黧黑的船只，望着上面一点点幽暗微蒙的灯火，聆听过一首又一首华丽的船歌。

这样的音符，嘹亮明媚、轻盈佻达，宛若早已习于黑暗的云雀。

而城市，业已熟睡。

上帝之槛

“你觉得威尼斯像什么？”WY问。

“一座奇异繁复的影城。”我说。

置身于威尼斯中心的圣马可广场，景象新鲜而窒息。新鲜，因了猝然开展的广场与建筑。窒息，仿佛全世界酷好旅行的人，在一场午睡之后，全部挤在这片广场中央。

视线里密密麻麻麇满了人影：倾巢而出的旅客，摩肩擦踵，塞满每一座廊柱，每一条弯道，每一扇橱窗，以及每一寸可见的空隙。

栉比鳞次的商店，沿着中心广场，蜂巢一般，向四围辐射、伸展。蜂巢的每一窗口、每一叉道，堵满了工蜂一般忙碌旋转的游客。

昔日，小说《黑夜里不断抽长的犬齿》中，所讽喻的将“宗教、商业、金钱”掺合在一起的后工业社会观光城，刹那间以如许错愕、熟悉的面目呈现在眼前。那个我曾以“想象”构筑的物质化城市，如今，具体而微，浮现在我的四周。

镶满马赛克，因“圣马可遗体”而名声大噪的圣马可教堂中，一共设立了三个关卡，分别置放着黄金祭坛、圣骨匣以及圣器。每一个关卡，皆需两千里拉的参观费。柜台销售着所有与教堂有关的图书、明信片、幻灯片以及马赛克镶嵌作品。其余的教堂依此类推，各自厘定不同的税收与奉献。

掏出钱袋——那是参观所有的圣地、教堂所必须有的先前准备罢。

真正的赤贫，无以俯仰圣地。（关于“宗教之于金钱的嗜好”，稍后，在意大利其他城市，我终于了解，威尼斯或者是稍微“克己”的。在翡冷翠，我曾碰见一座光影尽灭的教堂。你必须各自投下钱币才有灯光，才可看清主祭坛以及从属祭坛美丽的壁画。一次一笔，那灯光约莫照着量表持续了一分钟，我才赞叹着举起相机，灯便灭了。于是，耽美的凝视，成了金钱的凝聚，我必须再来一次，再等待那可贵的六十秒，唯恐消失……）

于是，我总忍不住想象，真正慈蔼的上帝（如果他果真存在的话）或者倾向于朴素、简陋。那些穷乡僻野，用两块破木片草率搭成的十字架，或几块碎石拼就的图腾，或者更趋近于马厩中的神子。林隙野地中贫苦的祷告，更宜于聆听上帝的脚步。

而或者，天堂也是媚俗的？媚俗于所有发光的黄金，宝龛和珠翠？

浮像与背影

没有我想象的辉煌盛大的舰队、商船与货轮，也没有奢侈淫逸的码头、妓女与水手。一切我所以为的，作为一个国际港都所该有的堕落与豪侈。此处，一概阙如。

却果然见识到威尼斯名闻遐迩的商人们。

徘徊于圣马可广场繁密的蜂巢间，呼吸着川流不息的人气与噪音，你会怀疑，全威尼斯除了游客与商人外，更无其他的人口。

日常生活中所该出现的角色：公务员、买菜的主妇、学生、作业员，一概隐灭无踪。

之后，当我企图逃离这片麇满商贩的蜂巢之域，我才发觉，威尼斯“正常”的居民，隐匿在那里。

他们远远逃离这片喧嚣之域，在“商业、古迹、观光域”的对岸以及其他的岛屿上，构筑宁静的窝巢。将历史遗下的空荡躯壳，留给好奇的旅客。

“到那里去？”当我们忍无可忍，决定奔逃，WY展着地图，念道，“产手工花边的布拉诺岛？或制玻璃的慕拉诺岛？”

“慕拉诺。”我回答，“玻璃适合一切敏感、易碎的心灵。从前，我不曾以为它是一件艺术，后来，终于发现，只是因为了解不够……”

慕拉诺的精品寥寥无几，橱窗上，千篇一律布满鲜艳粗俗的器皿与酒杯。

但是，唯有在航向慕拉诺岛的中途，在辽阔开展的水泽间，我们才大大舒了口气，远离了威尼斯窒人的巷弄与束缚，远远地。

一座红墙环绕的岛屿沉静浮出水面，修长的钟塔素朴立于穹苍下，恍若凝思。

一位中年的修士穿着棕色的长袍，于锚碇处，缓缓离去，沉静的装扮与姿影，令我的脑海中浮现出莎士比亚剧本中的神父。

那是另一个威尼斯——属于沉静的宗教与家居的，那个我始终向往，却因为行程匆匆，不曾抵达的威尼斯。

我终于了解了方法上的错误：认识一座城市，有时，该从核心开始；有时，该从外缘溯回。

唯有循着珠串般的岛屿，解舟系缆，才能次第揭开威尼斯的面纱。

在那串神秘的岛屿中，潜藏着一座诗人拜伦所称颂的“幽思想象中最翠绿的一座岛屿”。

迷宫与影城

长达几天，我们背着沉重的镜头，在纠结繁复的巷弄间游走。

迷宫般的巷道迂回曲折，我们纷乱、疲惫地走着，绕过数条街巷，以为找到出口，却发现自己置身于一座死胡同。偶尔，以为前面是一堵墙壁，却发现道路豁然开展，一座幽深的长巷隐伏其间。

我们终于放弃了地图，因为没有一张地图能真正标示迷宫的象限。

在错综骈歧的街巷间，几度，我们举起相机；几度，我们又放下手来。

“威尼斯是个被拍烂的地点。我经常怀疑我们，以及所有威尼斯的游客，只是盲目地透过托马斯·曼和维斯康提（电影导演）的《威尼斯之死》来捕捉威尼斯。”WY说，“我们充其量只是不断复制他们的镜头和观点！甚至选择同样的天气、角度和场景。我们所看到的，无非是电影银幕，而不是威尼斯。”

我同意WY，大量的复制，亦即死亡。之于艺术与创作，我们有着同样的偏执。

如此，我们应和着，整个威尼斯的旅程，我们不曾按下快门——除却一两张衬着海湾、留予家人的纪念照。

将名字写于水上

在前往翡冷翠的火车中，我的脑海仍琤琮回响着济慈的诗句“将名字写于水面”，心灵仍眷眷怀念着那片潋滟的波光以及未获抵达的岛屿。

我想，济慈必也曾来过此处，或者怀想、憧憬过一个映着波光、映着人间的城市——虽然，这是济慈于罗马垂死前为自己的墓碣所书下的碑文。

是的，这样的城市与居民，怕也仅能将名字写于水上——

当死亡来临，身穿黑袍的船夫，即将覆盖着黑布的灵柩小船，徐徐划入丝柏浓荫的墓地岛屿。

一旦属于这座城市，生与死，便将书写于往来的波光与渠道间。

威尼斯，我记得这个名字，一座将姿影写于水面的城市。

无论多长与多久，无论娇美或老丑，我将再来……再一次，以垂老而渐趋温柔的手势，揭开潋影后隐藏的面纱。

那里，一个名字浮出水面——

酣卧髑髅之榻

——叙骸骨所·罗马

老教士筋脉穹隆的掌中，颤巍巍托着一只棕色的麻布口袋。

阳光牢牢摒于墓外，昏黯的尘影中，他寂然坐着，浮雕一般，一动也不动，灰白的长髯，宛如一只徐而缓的沙漏，沿着皱褶弥布的颜面，缓缓向下垂挂滴淌。

他便这样坐着，微弯着枯瘦的背脊，张着袋口，曳着中世纪的袍服，恍若传说中的时光老人，静静定格于岁月的钟摆间。

我迟疑地掏出一张纸币轻轻放入袋中，含着万分的腼腆、抱歉。罗马遇劫，使我一时之间阮囊羞涩，镇日只是带着一瓶鲜乳、一条面包在幢幢的废墟、古迹间踱蹀，等待友人的电汇。何况，相对于素朴清寒、以苦修自持的圣方济教士们，我的奉献，无论如何皆显得过分卑微寒伧，因为，太具象、太有形……

甬道阴凉向前铺展。头骨、髆骨、脊骨、体骨、腿骨……琳琅满目的人类骸骨，恍如嘉年华会精心铺构的花环彩饰，自天花板、墙壁、窗架、祭坛、门栏上绚丽涌出，怪诞而神秘，诡谲而奇异。

更奇异的，是流布于空气间的沉静、平和与安详，仿佛只是一场宴飨的开始，主人将逞生命极致，削筋剉骨，虔诚迎接跨过门坎的每一位。

只是，这一次，翩翩舞踏的，不是胭脂红裙、舞伎优伶，而是髑髅枯骨、幽灵断片……

我迈开步伐，跨入门坎。霎时，一排骷髅睁着暗荧荧的眼眶迎向我的眼睑。

一行警语灼然跃入瞳孔：

一切不足以自矜自傲，生前，我们亦曾如你一般。

“骸骨寺，坐落于罗马市区，是一所孤寂隐遁，并不特别引人注意的圣方济教堂。教堂以地下室礼拜堂著名。其间罗列一五二八至一八七〇年间修士的骸骨，凡四千具，知名的巴贝里尼家族的公主王侯亦在其中。墓室的泥土取自圣城耶路撒冷。设计者为一位十八世纪的法国神父……礼拜堂包括一条通道和六座拱形祭坛；据称，每年十月第一个礼拜天走入此处，将可获得神恩特赦……”阳光煦亮，照着喷泉中追逐嬉戏的海神与女妖，我倚着池畔，读着旅游指南。指南下角，一具骷髅，穿戴着黑色的僧帽僧袍，双手抱胸握着一柄巨大的木十字架，死神一般，立于照片中心；蜕为枯骨的颜面，仍挂着一抹尚未褪尽的笑容。堆积如山的人骨自他的脚底升起，罗布整个视野。而他站着，古怪微笑，仿佛一个猎人立于他的猎物、一位收藏者立于他的陈列馆之前。而猎人本身，亦为猎物的一部分；收藏者，亦为陈列品。

“一定要去吗？”WY侧过头来问道，阳光闪在那张十分瘦削、敏感，常为梦魇折磨的脸上。她的发丝与花布头巾一并明亮在秋日罗马的喷泉边。从法国、威尼斯、翡冷翠而至罗马，她不断重复这个问号，以一种过度的忧虑：“曾经，在一部电影中见过这座教堂的场景——女主角僵滞于婚姻的困境，一个人孤独尾随导游一步步踏入漆黑的甬道，刹那间狂乱发现自己环伺于幢幢的骷髅与鬼影之间。枯骨……无尽的枯骨，窒息迫人，到处皆是……衰弱的心神立刻崩溃瓦解——当时，我忍不住想，那就是地狱吧！——假使真有地狱的话。”

“一定。”站在石砌的入口，我对WY说，“如果害怕，便等在这里，但是我非得进去看个明白不可——缺乏这点向前的勇气，我便不配继续执笔。”

寂寞探访阒暗无垠、缄封于时光之中的地府墓穴。弥室的蛛网、尘埃、石板、碑碣、圣像、十字架、画框在空气中缓缓呼吸，缓缓抽动，缓缓复活……当拜访者“咿呀”推开尘封的石室，一具具死者，即张着战栗的指爪，自石板、洞窟、地穴间悄悄浮出，悄悄抓住……我的声音坚定，“想象”却径行拍击着黑色的翅翼构筑它的恐惧——哗哗的喷泉下，我的脑海迅速川流过一幕幕小说、电影的恐怖场景，关于中世纪的城堡、教堂、血迹、谋杀、念珠、吸血鬼、瘟疫……

“何必一定给予自己不必要的震撼和挑战？”WY以一贯的温柔，忧心地说，“若你回去，天天陷入梦魇，那该怎么办呢？”

“那就表示我对梦魇本身逼视、理解得还不够透彻。必须反反复复重新学习演练，直到魔咒已然不成为魔咒，不复具有统御、惊动的力量。”

一部分的人或因好奇心而将一己导入某种无法预期且难

以驾驭的情境。于我，却不止于好奇，而是一项伏魔的过程：与其任凭想象自行抽枝拔芽、臆测繁衍，毋宁剑及履及地印证。

更重要的是，我倾向另一种思想：就是抵抗梦魇，莫过于睁大双瞳，与之灼然对峙，直到它瑟缩蹑足，遁回阴暗的角落。企求永生，莫过于恒常将死亡置于胸臆，直到镣铐松落，死生不足以为系缚。

那是为什么中世纪的哲人、思想者总习于将髑髅置于一己研读的案前，日日与之举目对谈。不是缘于怪僻浪行或恶意冒渎；也并非由于天生具有较之于常人更少的恐惧和更多的胆识，而是一种深邃的观照与强迫性的超越。

强迫，我相信。一切心灵的攀升与超越，皆来自于自愿的流刑、顽固的透支与强迫性的超越……即使当肉体、本能、兽性、欲望正张开饥渴的大口，对你高声呐喊："不！"

从生至死，从棘冠而行以至瞑目的刹那，十字架上的神子必也曾以如是强迫性的超越，逼视、抗搏过肉体癫狂的呐喊——那生之流、生之欲愤怒喧嚣的嘶吼，犹如佛经中断发出离的释迦牟尼以及舍身饲虎的萨陲太子：

《愚贤经》中，年幼的王子萨陲与两位兄长一同冶游于山林。

风吹叶动，于深山密林间，三位王子看见一只奄奄一息、羸饿欲死的母虎正在哺育幼虎。

幼虎由于饿极，猛力撕扯咬啮母亲干瘪枯涸的乳房。

而母虎，在至深的痛苦与饥馁中，仿佛即将张口啖食一己的骨肉。

“这只母虎，因了饥饿煎熬，好像想吃掉自己的孩子。”王子萨埵对两位兄长说。

“正如你所说的那样。”两位兄弟回答。

“那么，老虎该吃点什么呢？”萨埵又问。

“一点热的活血活肉吧。”兄长们不经意地回答。

萨埵王子悲悯虎的痛苦，深深思索：“无量的过去、生死、轮回中，我曾为贪欲、嗔怒、痴愚，以及种种渴爱无明、私欲烦恼而舍弃过躯体生命，但是，却没有一次是为‘法’而舍生。现在，是时候了——”

年幼的王子于是借口支开两位兄长。自己单独留下，投身于母虎的面前。

饿羸的母虎却连吃掉生人的力气也失去了。

王子乃取来尖锐的木枝，刺破身体，让血流了出来。母虎舔了活血，口慢慢张开，便站起身子，将王子吃掉。

“舍身饲虎”固然揭示“普遍生命一切平等”，既无“人我”、亦无“人虎”等差别诸相的终极平等与同体大悲。但另一方面，亦可象征：莽莽浊世，如行虎口。一部分的人以虎的形态存在，掠夺侵占，将一己的喜乐奠基于他人的血泪。而另一部分的人以“伥”的形态伴虎而行，冀图分享虎口中的一片残屑。

那伥，即为虎吞噬的人。

“为虎吞噬”与“舍身饲虎”是迥然相异的两回事：前者认同、媚俗于“虎”，媚俗于莽莽浊世所构筑的威权与价值；后者则以激越决绝的姿势彻底弃绝、否定莽莽浊世肉体与官能框架的畛域，追寻精神灵明的极致。

那是为什么众生曰“得”，而佛家曰“舍”。

舍难，难舍。一切犹如流沙的跋涉，每一颠踬的推进，皆含着一份强迫性的超越，以及削筋剉骨的决心——即使在最最贞定、平和、绝美的表面，必有千万伏流汹涌拍击过一度骚动的心房。

重量，向始存在，犹如西西弗斯的巨石。抽离巨石，则无任何名为“西西弗斯”的英雄。

而此处有人，除却肉体，甚且抛掷骸骨——

如许的“展示”，绝不仅止于单纯的“劝募”；或只是营造一方诡谲的气氛，为了惊吓、耸动、眩惑或娱乐。

那是魔术师行径，而非修道者。

何况，我真想看看WY口中的地狱图像。

空气异样祥和，无声流动髑髅们的戏言：

一切不足以自矜自傲，生前，我们亦曾如你一般。

斯时斯刻，彼时彼日……此际的我，亦即昨日的他们；今日的他们，亦将是未来的我——

宛如以镜照面，镜前少年，无二于镜底骷髅。

无数镜像，叠映投射同一必然的本质与流变——肤发血肉，以及因之俱有的爱憎、烦恼、渴欲、无明……人所以为最最极致的追逐与煎熬，爱悦与愚痴，亦只不过是昨日莲荷，终将于季节的指掌间，节节支解，幻为泡影。

人生在世，仅是砂丘蚁垤，那至高的权势与名利、至深的悸动与恋栈，皆将于狂风席卷下，化为虚空。

最终，你，我皆然！不过是一具寂灭的枯骨。

你，我皆只是千亿扉页中，存在过、阅读过，且势必被翻过去的一段小小章节。

那么，在这虚幻无常的人生，还有什么可以攻伐掠夺、贪恋执着的？

甬道宛如一卷中世纪经文，散着时光幽渺古远的色泽气息。次第展开的经折上，细笔鎏金，镶嵌着端丽典雅的花卉藤蔓、草叶流纹——年深日久，一骸一骨皆在岁月的漂染中，泛着一层淡淡的金黄、杏黄与枣褐，飒爽明净，宛如梵谷明黄色的麦田，大片大片地刈割下来，经过数个季节的贮存风干。

像是一种丰收，属于时间和死神的。

惯常的基督教式的道德箴言和训谕，书写于每一张开的经卷间——

一只由颈骨、指骨精致韦编而成的巨钟和指针，象征着在时光切割下，永不息止，不尽循环的诞生和死亡。镜前的朱颜将在指针中缓缓走向镜中的骷髅，蜕为其中静止的一部分。一张硕大无朋，超越五官比例的大嘴，张口衔咬住他人的骨头，而一己亦陷于另一张大嘴的吞噬中；骨头衔咬骨头，在相互的吞噬间，串连成一列长长的行伍……

终点，一位死神，隼鹰一般，张扬着肢爪，从天而降，白骨森森的指掌，一手握着一架天平，一手执着一把镰刀。镰刀象征最后的收割；天平，是终极的审判。

一切极其公平：当它挥动刃口于丰熟的原野，富贵贫贱，智慧愚庸，美丑善恶，皆如稻谷麦秆，一一坠落于大张的网罟。

我蓦然想起博格曼电影《第七封印》的最后一景：在死神鞭笞下，于曙色曦光中，和着泪与笑，拼命舞踏，酩酊向前迈进的众生群像。

来自四野的风，
啊，吹吧，吹吧，
在汝刃口下，他们将觉醒复苏。

题献于死神龛室的数行短诗，宁静歌咏永生的憧憬。凡夫恋生畏死，惧怕死亡背后无尽的虚空和黑暗，因而紧攫住肉体、官能所铺构的现象世界。而之于这首诗的讴歌者，死亡并不真正惊悸恐怖，它是风中温柔的凯歌，将灵魂轻举，吹入上帝的席榻。

自那张席榻上，“生命”才开始诞生，张开的眸眼，伸出更生的四肢、肘掌……

“时间”向始不曾结束；能够终结的，只是肉体以及表相的世界。

勘破死生，这是为什么这些中世纪的神父可以坦然戏谑一己的骸骨，宛如拆卸一组机件，将它一一分离、解构，头归头，下肢归下肢，脊骨归脊骨，无分彼此，韦编成墙上华丽的织锦。

皮囊可舍，骸骨可弃，它们无非灵魂宴飨后残余的渣滓。

一堵斑驳的石壁缄封在甬道的最底，壁上意外地张贴一张现代的印刷海报。

海报的背景是一只巨大的心脏，分歧的膜瓣、血管，树枝一般，向周围偾张辐射，缀成一座红色迷宫。

心脏的巨影下，矗立了一位圣方济修士，以基督的姿势，右胸具现创口，仰天高举的掌心烙着钉痕。

修士的袍下，燃烧着一炷半黑半白、半明半晦的焰火。

静静立于图下，冥想一颗心的极限，以及那炷一半明亮、一半黑暗，神魔一体、两极拉掣的火焰。

清明与黑暗，骚乱与澄净，罪愆与救赎，魔障与圆觉……不过只是一颗心罢了。一颗心的悸动与明灭，流亡与征战。

因了那颗心，在同一只枯骨中，有人瞭望见死亡和鬼火，有人洞察到永生与道途。

幻设中的梦魇以及地狱图像并不存在，约略只是受制于善感盲动的一念。

唯有镜像。

“喜欢吗？”时光老人石雕的身影蓦然动了一动。他站起来，抖了抖长袍，皱褶的嘴角向上牵出一泓单纯慈蔼、近乎天真的微笑，深灰的眸子深深探入我的眼底，向我发出一句苍哑的英文。

人来，人去，陀螺一般，晃遇一批批摇首摆尾、啧啧称奇的观光团与观光客。他之所以如许问，或者由于我和W Y是第一个抵达、最后告别的吧。时间长得足以折叠成一只巨形问号。

一时之间我竟说不出话来。只是照着那双深灰的眸子，呆子一般，笑了笑，猛点了几个头。

喜欢？？？多么奇怪的字眼？骸骨成冢，庄严也罢，敬畏也罢，无论如何，如许的情景，皆不可能以这样的字眼形容。

然而，很直观地，我们洞悉彼此的意思。

那是佛家所谓的“印心”吧，属于神秘主义者和唯心论的；而数个世纪静默无言的展示，无非仅是等待时光叉道中相识而熟悉的一瞥——

只为以镜照面。

影旅者

——记四川羌寨之行

“留下来吧，在寨子居住一段时间……会很有意思的。”一条泥路拨开田园，蛇一般深深引向寨子的心脏。午后雨至，我们赶着泥路，穿过雨中蓊郁的玉米田。日本人井上[1]着一双夹脚大拖鞋，披着一袭灰扑扑的夹克，走在我的身畔。我们交谈着，他突然刹住脚步，看着我的脸，突兀提出邀请。

我默默停下脚步，隐藏住心中的惊讶。

认识井上，不过只是数十分钟以前的事。队伍刚刚开拔入寨口，几个羌族女子便笑吟吟地奔过苹果树荫，自石墙后引出一个人来。经过交谈，才知道，井上来自名古屋大学研究所，从事羌族的文化研究已有数载。为了更进一步了解羌族的历史演进，因而在中国居住了两载。目前，正拟在寨子中居住三个礼拜，以便调查现今羌人的生活习俗和文化变迁。

“留下来吧！做一段真正深入的观察体验——羌是一个很古老、很独特的民族……”井上予人一种木讷、执拗得近乎鲁钝的印象，像是一枚刚硬至极的坚果，也像某类奇特的木本植物，顽固的根茎可以全然无视障碍，凿过岩石、瓦砾，深深扎根于一己的据点。一旦提出邀请，他便似乎全然专注在自己的邀请上。沿路上，他不复再做任何的解释，只是简短、固执地重复他的邀约。我猜想，正因为这样的脾性，使他于芸芸的人文科学中，独独选择“羌”这一凋零冷僻的题材，作为一生钻研的主题；也正因为同样的执着，使他能够毅然远离家乡，在另一块陌生的土地上，默默进行他的田野调查。炎天溽暑，他竟然还披着一件厚厚的夹克，难道在研究的过程中，他已不知不觉地将他研究对象的一切，包括羌人的厚衣重服，一一纳入自己的体内，化为一己的生活习惯？

我没有追问。理解一个生命是困难的，不在于三言两语，更不在仓促短暂的旅程。唯一肯定的是，就某一点而言，井上与我有着本质上的类似。同类相鸣，正因如此，才使他走向我，并且提出乍看之下显得突兀的邀约吧。

不同的是，井上将自己锁定于这个民族；而我，却只是旅人。

之于风景人事，身为旅人，便注定了只是一个影子。只能于有限的时光，将无根的影投印于大地……之后，沉默消逝，带着某种称为“回忆”的东西——此刻亦然。“羌族”对我，将永远只是“回忆”，而不是一生的目标。当我向前行去，在新的事物尚未向我呈现形貌时，我的心中早已预见了回忆的火光。

此刻的踽踽，此刻倾力的眼、耳、鼻、舌、身、意，无非只是他年的燃薪罢了。

而影子，注定了沉默，以及沉默中寂然自拥的思维……

“回、藏、苗、瑶……在中国每一个少数民族的寨子，几乎皆长期驻扎着这么一群搞调查研究的日本人。”羌寨依山蜿蜒，欢迎的人潮自栉比鳞次的泥屋中热络拥了上来，井上远远落在后头。我的领队悄悄挨我，对井上的存在下了一条评语：“日本人派出大量的人员驻扎在大大小小的寨子，美其名为‘学术研究’，其实，只是想更进一步了解中国，掌握中国，进军中国的经济市场。”

好炎热的天！阳光灼热炙烤着围场，向日葵恹恹垂下金黄的头颅，玉米丛郁郁挺着一排肥硕发胀的穗子。女人们倚着石墙，结着辫发，披挂着传统的盛装盛服，鲜艳等待。蓝色的袍服铺构成一幅色彩浓郁的民族画卷，华丽的花边宛如蔚蓝深海中浮游而过的美丽尾鳍。

男人三三两两闲闲观望，并不露出焦躁等待的神情。孩子们守着妇女，张着一双双大眼巴巴地看着，破蔽的衣裳蒙着尘土，呈现褐栗色，略显脏污的颜面充满好奇、腼腆。

围场的人流愈聚愈多，深海的尾鳍浮摆得更艳丽了。那么多而深的蓝！那么粗犷的人面和质朴单纯的笑容！女人们捎来簇新的衣物、围饰，七手八脚地帮我们穿戴在身上。衣上飘着未下水的新布惯有的直挺和生青的气息。

“我们花了五百块人民币让他们准备这个迎宾庆典。对他们来说，这是只有新年才有的热闹。”领队解释道，“待会儿，大家可以一起下去跳舞，多多给他们点面子。”

但是，舞宴尚未正式开锣，我们这些文明人已开始议价、采购……

队友P看上我身上新套上的袍服，找来物主，两人拉着衣物，就地还起价来。“快脱下来，衣服是我的了。”议价完毕，P说。

并不习于站着让人品评议价，我笑了笑，解下袍服。

深海中泊来另一条蓝尾鳍。

“穿我的吧。如果喜欢，也可以买下，价钱同那件一样……”蓝尾鳍捧着浆洗整齐的衣裳围饰，满怀希望地说。

影子沉默笑了笑，走了开去。

音乐哗然自扩音器中抖散开来。小女孩圈着手，绕着围场，款摆着腰肢，花瓣一般柔软舞蹈。粉红的缎带，粉红的袍服在日光下舞成一朵朵甜蜜的朱槿。

就着音乐，圈外，是另一场热辣辣的议价游戏：众人你一言、我一语地议论着衣服、鞋子、腰带、围布、绣花、织巾的价格。

队友M是一个善于设计、苇编古典缀饰的女子。她的脖上恒常挂着一方美丽的佛眼石，腕上系着一串沉色的蜜腊。我的目光总不时追逐着她姣好的面目，不缘于任何情愫，只是单纯的美感。

一瞥之际，M正拉扯着一位满头华发，显得十分枯朽衰老的老太婆，问她购买身上系挂的一串琉璃珠。

老太婆浑身脏污褴褛，破蔽的衣裳仅够勉强遮覆两道干瘪下垂的乳房。那琉璃珠子，亦同老太婆一样，上了龄的，显得异常古旧老耄，看来是老人家随身携带、抚摩半生的旧物了。一件不折不扣的压箱宝。

老太婆眯着眼，抖着风干皱缩的下巴，用一世纪那么长的时光，费力挣扎。

阳光炙酷，M姣好的面目蒸腾为一阵上升的烟气。

旅人问影子："经常地，我很怀疑我的处境。"

影子回答："欲成为有血有肉的活人，你该不止于旁观者，更该做为一名参与者，你必须偶尔淘气，偶尔犯罪，偶尔佯疯卖傻、麻木不仁……甚至于张牙舞爪、割肉易金——"

"但我仍然怀疑。"旅人沉思半晌。

"这是为什么你只能是一名神话的影子。"影子说。

影子一样的旅人，用双眼快门一般按下瞬即消逝的镜头，置于心版。

井上遥遥立于镜头一端，双手交叉在胸口，以一种全然旁观的神态，注视着围场，以及人群中的起承转合。

"台湾观光客在羌寨"——这是他抵达的第一日所观测记录的主题吧。

日影一点点黯淡下来。M的手上除了老太太贴身的家当，显然多了其余几项对象和琉璃。不多时，领队意气风发地走来，颈上挂着两串更古老遒劲、更名贵稀有的琉璃。

"十块人民币。"M指指身上的琉璃，说了一个令人不忍的低价。

领队挑了挑眉毛，不以为然地说："你看我这个，还更低呢！"

蛇一般的泥路蜿蜒着脊梁一路送行至河口。T垂头丧气地与我并肩行走，年轻的脸失去了惯常的快乐：“我觉得我们只是领着一群人来掠夺与剥削。”白色的布鞋踹起一片尘土，他讷讷地说：“庆典云云，不过是个幌子，真正的目的是诱使他们穿戴出最名贵的服裳、家当。一目了然，省得挨家挨户地搜索。”

是了，不难想见早期白人入侵非洲、中南美洲，以粗劣的赝品，交换珍贵的皮毛、矿产、土地。假“朋友”之名，遂行实质的侵略与剥削。当巧取无由，便以“宗教”“圣战”“启迪蛮夷”“保卫和平”“帝国光荣”……为名，肇发战争，进行豪夺。

那么，井上是什么？我们又是什么？

“他们是大偷，我们是小偷。”——历史的仇恨，民族的偏见，使我们习于以受难者的角色，为自己迅速寻找方便草率的借口。众所皆知，日本人能，中国人不能！同样是“偷”，为什么我们总无法“偷”得更有格局、更具前瞻、更富计划、更富挑战一点？而仅仅从事最表象、最肤浅、最皮毛的搜刮、采购与娱乐？当他们致力于民族文化的分析、采集与研究时，我们究竟关心了什么？抵达了什么？

何况，生命永远是个别的——别忘了，不是所有德国人皆是疯狂的纳粹党徒。即使在希特勒迫害犹太人最为酷烈的当时，亦有不少德国人民在良知的驱策下，为庇护犹太人而甘受极刑。日本政府与财阀即或存有司马昭之心，但是，并不意味着井上，作为一个拥有独立心灵的个体，缺乏学术严谨的精神以及个己深厚的怀抱。

一君为盗，不足以滥称全民皆贼；消抹他人，并不足以提升一己。重要的是，反躬自省，亡羊补牢。

至少，之于井上，我有着油然而生的耻感。

夕阳洗着流水，洗着一片粼粼红影。

“你压得我沉重得透不过气来。”影子对旅人说，“没有你，我将更自由。没有你，我将更旷达……”

“你不妨用这把刀子将我们割开。”旅人为影子购买了一把银质的匕首。

影子抽开刀鞘，照着夕阳望了望：“但是，没有你，我将无从瞭望蛇蝎的洞府；自然地，也无由解释乐园的闪光。”

1. 井上靖，日本小说家，一九〇七年生于日本北海道，一九四九年以《斗牛》获芥川奖。井上靖对中国历史极有兴趣，尤其之于边疆民族更有独到研究。曾多次考察西域，并以中国古西域为背景写下一系列深受瞩目的历史小说。此处“井上”泛指所有对中国历史、文化富有兴趣的日本学者，是一个化名的代称。

他人之血

天空漠白，露出晓色。我随着进香的车队南下。不为进香，仅为贮存。仅为了替他日可能显得空白、缺页的创作输入更多的素材。

信仰，之于一个习惯性的怀疑主义者，一向是困难的，特别是在这样一个上下、左右恒常显得错置混淆的时代。在我胸腔的某处,恒常轰然响起一套“哈姆雷特式”的讽喻嘲弄,以同样躁郁的风格与形式，恍如一个气压低抑的旋涡地带。

在这旋涡中心，一切矛盾鼎沸并存：一个人可能全然不信仰上帝、天堂或地狱，不信仰末世的福音和审判，却信仰着唯一的爱与救赎。那人可能不具任何宗教信仰，却满怀着虔诚的宗教情操与殉道精神。有时，藐视十字架与担负十字架意指同一回事。

“渍神”与“事神”形同等义。

如是，一个并不虔诚的朝圣者冷然在朝圣的行伍中，宛如一滴水面的浮油，疏离、淡漠，难以融入。

鞭炮扬起一阵刺鼻的烟硝与浓雾。电子花车亢奋地鸣响，声嘶力竭地卖弄起五音不全的歌喉。一个满脸粉块，风尘味十足的女子，嘎声站在花车上，露出一截俗艳的大腿，腿上繁繁复复缀着廉价鲜艳的花边。

神舆剧烈左右摇晃、前后颠跃，恍如进入一座神秘的磁场。一身破衣蔽服的济颠，执着一柄葫芦，跄跄踉踉、浑浑噩噩地走。一面走，一面仰头痛饮，东倒西歪，恍若跌入不可知的混沌中。

八家将起乩了！大开大阖，挥舞着赤裸的臂膀，将手上的刀、剑、斧头、锯子、刺球等等各式各样的法具，猛砸入一己的背脊、胸腹、头颅上。

鲜血慢慢涌了上来。愈来愈浓，愈积愈密，淋漓洒在一条条半裸的人影上。

而他们剧烈地舞着、踏着，在暴晒的烈日与炙酷的汗水中，愈来愈激越，愈来愈凌厉……刺球嗡嗡在头顶盘旋着，刀剑暴烈拍打着背脊，濡满鲜血的锯齿在舌尖一来一往地拉掣……

善男信女们簇拥在两旁，袖着手，伸着脖颈，闲闲地观赏，闲闲地品头论足。仪式告一段落，他们走到业已摆妥的筵席上，闲闲地落座，闲闲地倒酒、倒汽水，聊天、闲扯，兴味盎然地望着花车上半裸半裎的女郎。

此时，余兴节目开始登场。女郎们摆动丰臀，粗砺地唱着、扭着，说起一串加味的笑话。

观众间爆开一阵哄笑。一切血腥并不曾影响到他们的胃口；大家闲闲地咀嚼，闲闲地举杯，闲闲地浸入黄色笑话的淫趣中……

黄昏时，我站在庙前，疲惫靠着龙柱，疲惫望着一尊尊过火的神像。一切的血腥皆令人疲惫，而我已无法记起这是第几场、第几度的血腥？仅记得，中途，我曾经倦羸地昏睡，无法醒转过来。

“这是最后一站，你必须好好看一看。”朋友悄悄走过来，说，“它将会是最惊险、最酷烈的。所有的八家将都必须起乩，拿出绝活，淋漓尽致地比试。否则，便拿不到钱。”

“好的，我会。”我点点头，再度将视线投向锣鼓喧天处。

仍是刀起刀落，刺目的血光，宣示鲜血的祭仪……一瞥之际，我望见一位脑门嵌着一枚刺球的八家将，正在和他的师弟们说着些什么，他的眉脸纠结在一起，显得痛楚不堪，而他似乎在向他的同门低声请求纾痛。

“啊，那人并未真的起乱！仅仅是以肉体顽抗。”我别开脸，不忍再睹。

怎样一种宗教与祭仪，得以血腥、酷虐证明神威与神恩？

怎样一种子民与信仰，得以他人之血，以麻木、不仁博取善果与福报？

不，凡是濡满鲜血的，我必无法信仰。宁遭天谴，也不入此流派门墙！

除却悲悯，我再也无法信仰什么……再也无法！

记忆中，矗立一座血腥的殿堂——

那是尼泊尔加德满都郊区的一座庙宇，祭祀着卡里女神。

满脸尘埃的男人女人牵着鸡、鸭、猪、羊簇拥在门口，等待献祭。

因是一个禁止异教徒入内的庙宇，我攀上树顶，抓着墙瓦，极力往下眺望。

一片红艳悚然刺入眼瞳。到处都是血，原油一般。稠结、滞重的血，沿着沟槽缓缓奔流。一条完全由血液凝汇的溪流。

我惊悸松开手。

眼前漾着挥之不去的血影。我晕眩地徘徊，想寻回归路。

黎明初抵达时，所经过的石桥，顷刻已成为一座血污遍野的杀戮战场。在凌乱的石垛间，人们烧着热水，褪下一丛丛的羽毛、兽皮，褪下一只只赤裸裸的尸体，剖开腹部，掏挖着内脏。

一个女子与我擦身而过。

她赤着脚。因沾满泥污而显得异常肮脏褴褛的裙裾重重拖曳在地面。一手拎着一只山羊头，一手擦着汗，面无表情地往前走。山羊皱缩着长脸，垂着灰色的胡髭，冻结在死亡的催眠中，脸孔显得奇异而古怪。而女子麻木不仁地走着，一无感觉，了无恐惧，仿佛她手上持的只是一块石头或一个极其普通的包裹。

“莎乐美！”一个意象闪入脑海，我反射性地抓着镜头，跟着女子，想拍下这幅肖似的场景：在嶙峋的石块间，不复美艳的莎乐美，持着施洗者约翰的头颅，冷漠地走着。衰颓的脸上，没有怜悯、没有悲欢、没有人类任何的表情，除了倦怠与沧桑。

诸神或已死亡，而一切仍在麻木地进行——麻木地渴欲、麻木地交欢，麻木的权势与屠戮……麻木地以他人之血交换某种人世幸福的屏障。

我的镜头追踪着女子，追踪着山羊瘦而长的面容，直到他们一并消失在焦距之外。快门却仍僵固在原点。

“是吗？我也将像所有人一样，记录血腥，并用他人之血换取其他的一些什么？”我问自己。

“但是，我以为我该有个比别人更牢固的城堡，更坚定一点的……”我告诉自己。

在另一块天幕下，在重重掩至的夕暮中。

时光能够改变的究竟很少。长年的辗转，在历经现实血肉的洗礼后，昔日的少年依旧忐忑于眼前的血光。无法信仰，也难以融入。

“尊重是一回事，然而，喜悦、膜拜，或爱，又是另一回事。一种宗教，尽管是俚俗、野蛮、诡奇、非人的，或者，皆有它民族学、人类学或哲学上的脉络与渊流。一切或者可以尊重、可以解释，但是，绝不是我的宗教。”

“除却悲悯，此世再无值得信仰的宗教，也一无足以寓居的庙堂。”三十犬儒于是在向晚的夜风中，对自己郑重期勉。

一滴浮油于无法泊定的水面不安地旋滚。融入与不融入，两种轨道，皆有其非人的一面。与世龃龉和与世苟合，皆是不同的鞭笞……

心魂

黄沙疾卷，古阿拉伯瑰丽的落日如一朵神圣的光轮笼罩着智者曼修·艾尔海拉的岩穴。渗入罅隙的光线一点一点荧光一般幽微映照着他踟跌思维的形影。他的思想如鹰一般拍振着双翼，攀升得极高、极远，于红日落入黄沙的顷刻，捕掠住它核心之处的奥义……

一切太偏执的……

在我的心灵深处，始终有个不变的挣扎：关于艺术与人格之间的问题。

感性上，我倾向一切的创作，并常常为其中深沉、美丽的某一部分而感动莫名。知性上，却对创作怀着某类抗拒与敌意。

于是，事情变为一种状况：当我被一件作品感动时，往往，会附上一个极其阿Q的宣称，强调“感动的只是作品本身而已，与创作者毫不相干”。

承认作品，却保留作者部分。原因是，我的确相信，某些作品真实出于沉潜的心灵与崇高的人格；但是，有些，则否。卑微、陷溺、腐败、猥琐……种种幽暗的力量的确也可以成为孳生作品的养分，开出某类艺术史上灿烂的环花。

前者，无可置疑地足以引发我心灵全盘的共鸣与虔敬；后者，对我而言，不过只是“歌唱的鸟”——鸟类的歌唱与否，仅出自于天生的本能，一如浪漫时期所谓的“Spontaneous overflow”（自然的涌动），与心灵的内部毫不相涉。

由是，对于这类的创作者，我约莫仅以对待鸟类的心情来看待：聆听其优美的歌喉与旋律，对于其他的部分则一概保留……当然，即使对鸟类，人也该保有对自然、对万物的普遍尊重和同情——我所给予作者的，至多也不过仅是这样罢。

朋友L·J用一贯的姿势宽松地歪倒在席垫上。这样的宽松仿佛从她的外表延伸至心灵基底：对人、对事，乃至于对她引以为生命目标的创作，似乎永维持着既宽松又包容的态度；虽然，偶尔我们也谈一些关于“创作者和其自设的牢狱”之类严肃的话题。

“不管人格如何，至少，在创作的时候一定很严肃吧。”朋友听了我的话后，回答：“或者，更该说，那人只是牺牲了他的某一部分来成全作品；因了所有缺憾、恶劣，才释放出感人的艺术。”

“何况，就算是一只歌唱的鸟，也必须看看他所唱的到底是怎么样的歌啊。在歌声中或者也可寻到隐藏在其间的一些可贵的特质。”

“？？？！！！……”我终于了解了自己的偏执，以及因了偏执而产生的无限忧郁。原来，备求完美的结果，在所有的“正号”中，我所发现的往往是其中的“负号”与阴影。而朋友，却恰恰相反，在所有的负号中，寻找足以肯定及原谅的正号。

所以，我们总是明显呈现两极，一个嶙峋、憔悴，孤绝于外界；一个世故、练达，可以浮沉、俯仰于群众。

“何其偏执！”我对自己说，心里却仍萦萦牵念那些曾以人格烙印于作品，沥血走过的生命，托尔斯泰、卡夫卡、罗曼·罗兰……

一种姿势称为『决心』

朋友告诉我一个故事：

他们在万华的一间餐厅吃宵夜。不，说是餐厅，或许夸大了些，无非是人马杂沓，卖着海鲜、羊肉炉，有着油污的招牌与店面的地方罢。

他和一干三教九流的朋友便在那里，划拳、喝酒，放大喉咙，扯着、聊着。

一个中年汉子捧着花走进来，向一桌桌客人兜售鲜花。“先生，买束花罢。”中年汉子说，“买束花，便送您一首诗——一首自己作的诗。”他从一桌移向另一桌，重复同样的话语：“这诗，只买不送。一共两千多首，从来不曾发表过……”

满室喧腾嘈噪。大家吆吆喝喝，咀嚼的咀嚼，赌酒的赌酒，划拳的混乱比着手势。

谁也没有搭理他。

朋友那桌买了两束，汉子把花递过去，从口袋掏出两张写着墨字的字条。之后，默立半晌，说："既然各位在喝酒，我便念首'饮酒歌'，给大家助助兴。"

汉子于是站在桌边兀自吟诵起来，用嘶哑干涩的声音，大声朗诵着与时空全然悖离的古典诗词。

"你想想看，在万华那样一个龙蛇杂混的地带，谁有心情听他的诗词！"朋友说道，"一片喧闹中，他的声音切割成模糊的词组与韵律，高高低低地起伏……而那汉子兀自念着，面不改色，不卑不亢，既不挫折，也不气馁，全然无视于周遭的冷眼……"

"他的身材、长相、服装打扮，是什么个模样？"习惯始然，我追问每一个细节。

"没什么，不过是普通庄稼人的样子。"朋友回答，"脸孔黑黑方方的，身材中等，穿着一件白衣黑裤。"

"其实，他原可以不必这样，不是吗？"

"但是，他仍然做了。"朋友抬起极朗、极阔、如丘阜一般高亢的额角说，"使我感动的，无非只是一种姿势——

一种自我坚持的勇气与决心。跨过荒漠、跨过犹豫与嘲讽，坚持宣读内在的声音，向所有擦肩而过的陌生人……”

是了，一种坚持，一种姿态……跨过时空的甬道，跨过旷野寂寥的白雾，一个踽踽的形象静默矗立着。从我少年时期第一次展读华兹华斯（Willam Wordsworth）的诗集，诗中捕蛭人的形象便一直在那里，矗立于记忆的叉道，而在某个忧伤、绝望的隘口，不期然地重逢……

在白雾涌动的沼泽间，捕蛭人赤着双腿兀立于波心，如一块晦暗的页岩般，疲惫、剥蚀、褴褛而固执。

缓缓地，他晃动手中的棍棒，企图激起沼间的水蛭。水蛭吸血，自左自右，自四面八方，牢牢攀附住他的血管。

如是，衰老憔悴的捕蛭人，如一个幽灵般，在荒漠与荒漠、湖沼与湖沼间幽幽流荡。瘦削的形影，危然自恃……

当他回答诗人好奇的询问时，捕蛭人的口音谦和忍从，无悲无怨，审慎选择的字句词语起伏着弥撒般庄严的音律。

由青涩而成长，长达十二个年头，在每一次挫败危疑间，白雾渺渺，捕蛭人的形象踽踽浮现心头，于荒漠涩苦的一端，如一块黑色的结晶岩，傲岸而庞大……是了，一种坚持！跨过百年的扉页，继续以生命轮回着同样的姿势，在不同的荒漠间，起起落落，划着肖似的圆弧。

于积淀的缸底

什么是“缸人”？

乡野传奇中，流行着这么一则古老的神话：为了招徕观众，一些杂耍戏团，往往将幼小的婴儿放入缸中，利用特殊的药草、巫术，加以煨制、泡炼，俟其长大。

婴儿长大，人头缸身，畸形怪状，即成了不折不扣的“缸人”，仅能生存于缸中，依赖既有的环境而活着。

当然，这并不足为奇——以酷虐为乐趣的习性，仍屡屡充斥在我们的周遭。

曾经，看过一部电影，关于中国的奇门遁甲：片中的缸人，粉白着一张小丑似的圆脸，涂着两块红艳的胭脂，蓄着一尾冲天辫，成天又歌又唱，活蹦乱跳，十分快活。

在一次偶然的机缘中，缸人奉主人的命令看守男主角。男主角往东，缸人也往东；男主角往西走，缸人也往西。那人被追得无路可逃，情急智生，便随地洒了泡尿，对缸人说："你看你，人不人鬼不鬼的，什么样子？"

缸人望着尿中的形影，整个吓呆了，脸上交织着惊恐、战栗与羞惶。他再也不能忍受囚禁在硕大的一只闷缸中、畸形怪状的自己。于是，便拼命地用缸撞击墙壁，拼命地，一面号啕，一面大喊："我要出去！我要出去！"

这一充满噱头的片段，持续了约莫三分钟的光景，全场都淹没在一片笑声之中。

爆笑中，一个意念蓦然闪过脑海：是的，唯有自觉到自己身在缸中的窘态，缸人才可能突破缸的樊笼，成为一个真正具有人性尊严的"人"。

"自觉"必须付出沉痛的代价，打破缸的缸人也势必将被赤裸地抛掷在一个完全陌生的空间、情境中，重新挣扎、开始。"缸"在某一层面而言，是樊笼，也是屏障；是局限，也是护符。但是，唯有敢于拒绝、敢于面对自我，缸人才可能跳脱丑角的闹剧，顶天立地，做一个"人"。

有形的缸容易突破，无形的缸，却如影随形，根植在每一个人的天性中，颠扑不破。

于是，在这里，一群无形的缸人安然坐卧在一己的缸中，眺望另一个急欲打破缸子的傻瓜，哄堂大笑。

不是吗？你、我，以及所有存在过的人类，在某一个程度，某一类形式上，不都是裹着一层、两层、三层，甚至多重外壳的缸人？只是，由于那些缸是无形的，因此，我们多半无法自觉认识到这一点。

抛开人类本身既有的局限不谈，从小到大，我们不是习惯浸渍在一个教育、政治、社会、道德、文化体系下，以它的思考为思考，以它的模式为模式？我们不是拥有太多各种各类、琳琅满目的政治、文化、经济、社会体制下的各式缸人？

同时，每一类的缸人，又都各自盘踞在一己的领域上，扛着旗帜，互相攻讦、叫嚣，企图将他人也一并涵纳入自己的缸中。

那么，缸人的可能性究竟在哪里？

在于“认知”与“超越”——透过内外不断地观照、涵纳、思考与反省，精确地认知缸的属性及形成，人才可能真正解脱缸的束缚与羁绊，从“潜存的人”发展为完整的、自由的人。固然，每打破一层自觉的缸，将意味着面对一个更深层、更顽强，也更不易自觉的缸，也将意味着更进一步的超越与抵达。

并不绝望。或者，在我们有限的生命中，我们终旧无法彻彻底底达到完人的状态，但是，却可以真挚地不断超越一己的历史与宿命。

废墟与火光

站在峰顶——无论权势或名望的顶峰，皆难免心盲目迷，产生“国王的新衣”。“云门”此次的复出公演《我的乡愁，我的歌》便是一例。一趟“新衣的巡礼”，专业者不敢评，非专业者更不敢出声。彼此一并站于一方巨大的碑石之前，引颈眺望、鼓掌叫好。

与艺术无涉，我们充其量是在进行一场威权崇拜——我们所见到的，不是新衣，而是国王以及国王代表的权柄；所鼓掌喝彩的，亦非舞蹈本身，而是“云门”此一荣耀的光环。

用十二年的光阴来眺望，作为另一领域的艺术工作者，于烟火烁灭中，唯觉袭人的伤悼与警惕。

其一，如伤朋比。

其二，唯恐那不可知的盲点与极限，亦隐含于一己的体内。

典范，之于创作者，犹如火光之于飞蛾，永远构成致命的吸引。

创作者终其一生搬砂筑石建构一己的典范。典范一经确立，不啻等于宣判了作者本身创作生涯的终点，以及其作品的死刑。

这是一个吊诡：一部作品堪称为“典范”，因为连创作者本身皆难以打破其轨律……此后，他将只能委身自己设立的纪念碑（或墓志铭）下，不断于阴影中复制自己。然而，在创作的领域中，大量复制，亦即死亡。

昆德拉复制昆德拉，黑泽明复制黑泽明，尚嫌僵硬呆滞，更何况尾随其后，画漫画一般拙劣复写的汹汹之徒。

幸好，我活在一个“伪币的时代”，虚妄取代真实，包装取代本质，市场主导一切……我们早已习惯各类赝品，而且弄假成真，坦坦荡荡为自己寻到借口。

于是，我们不约而同都活了下来……

与寺僧坐于庭前。山风冽冽，海涛隐隐拍击于崖下。

夜色里，唯有一行灰布僧衣。

师父是个豁达不羁的人，便养出了同样率性的弟子。他才刚将僧鞋脱下，弟子便把那鞋挪来垫在自己股下，约略图个舒服。

话题从心识不灭、灵魂不灭，终而引申至“死亡”，又从死亡论及“自杀”。

三岛的“死亡美学”成为中心议题——我们从《金阁寺》中唯恐金阁于岁月中剥蚀毁损，因而将金阁付之一炬，使之消逝于灿烂火焰中的和尚，终而论及三岛切腹自杀前所完成的《丰饶之海》中的最后一卷——《天人五衰》。[1]

“在生命的巅峰、艺术与美的极致，毫不犹豫地以激越的方式选择死亡，无非只是惧怕罢了——惧怕那必然到来的‘天人五衰’……不仅之于官能肉体的，更是精神心灵的萎顿、堕落、僵滞与退转。”

众僧默然。

“难道非如此不可吗？”师父沉思半晌，平静地说，“非如此自苦、自虐？静下心，细细品尝，生命中每一阶段自有不同的美感，少有少的，老有老的……”

诚哉斯言，这是一句永难抗驳的真理——唯独，之于创作，我怀疑！

不过三天之后，在一场华丽的宴飨中，我看见齿危发秃的天人于帘幕间露出垂死的眼神。

1. 天人五衰：《佛本行经集》："天人天寿已满，自有五衰之相显出，一为王冠消萎，二为腋下流汗，三为衣裳不洁，四为庄严之相消褪，五为厌弃自己。"

《丰饶之海》中曾经如是描述五衰之相："恒常，天人跳着曼妙喜悦之舞；乐师们也奏着扣人的妙乐，自乐器中奏出五音七律；一旦面临死亡，所有清音妙律皆将消失，声音呕哑难听……"

在时光的刀口

微雨中，隔着灰青的江面，乍然望见乐山大佛，有一种深沉嗟叹之感——许久以前，曾在杨英风处，见过无数大佛正本、摹本的照片，以至于，竟觉得是个熟悉得无法更熟悉的面貌，恍如与故旧相逢。

又恍如，大佛只是内在摹本的重现，由记忆凿刻而成。数秒钟前，始自心版中脱出，巍然颔首，与我隔江对视。

真实的大佛，成了照片的摹本。

栈道仄窄险峻，迂回曲折。激湍叩着崖壁，叩着千古行人砂一般淅沥的足音。

凿石匠的凿子“叮叮”地击响在树林一头，规律的节奏，风一般送着行人的脚步。

“在凿些什么呢？”我忍不住伫足聆听，“或许，是一些新的佛像、碑铭罢——属于这一代的。”

然而，风蚀日毁，沿着栈道，岩穴上的佛像幸存无几，泰半皆已风化。“千佛”之说，不过仅余沧海中丁零的数梗。

激湍推壁，乱石危危。在孤立峭拔，素有“天险”之称的巴蜀绝壁，一斧一凿，筑岩砦为浮屠，形神佛于块垒，是何等漫长艰巨的工程，以及何等伟岸的胸襟、气魄与毅力！

那“叮叮”的凿石声响自此成为某些人一生中恒住唯一的音符，一座巨大虔诚的磁场。

原以为，石头，是我所曾见过的，宇宙间最古老、恒续的生命，遥胜于人类蜉蝣般瞬息渺茫的存在。

高岩巨穴，江边海泽，任意凿取一窟，撷取一石，不辨玉脂田黄，粗石顽砾，寿命皆比人老，而弥，而坚韧永垂。千古更迭，百代兴亡，不过只抵顽石身上一波小小的回路。

欲求“不朽”，莫若化身为石。

爱石、赏石、玩石，乃至将形影图腾，功业勋表，一一镌刻于碑铭石碣，无非只是渺茫的肉躯之于时光之河所做的致命而绝望的一击——即使最最伟大的帝王也不得不承认，关于“不朽”，石头拥有犹胜于人类更神秘巨大的力量与本质。

法老灰朽，金字塔依旧于滚滚黄沙中俯视日升日降；秦皇已矣，兵马俑依旧冠袍铠甲，髭发凛然，雄踞于茔茔墓冢；帝国陵夷，唯有环形竞技场依旧于曙色中标志一个时代的文明与糜烂。

石像、石雕、石砖、石垒、石碑、石碣、石堡、石室、石墓……诸石，成为人类对抗时光、印证历史的永恒徽记，一串永不息止的“不朽”的手势和挣扎。

但是，顽固如石，亦有崩蚀、毁损、灰灭的时候，亦难抵时间的“无常之刀”。

这些伟岸的艺术亦如此——

叮叮地……穷一生的精魂，于刚硬粗砺的巨岩，细细琢磨出鬓发、额角、指爪、眉眼……乃至伽蓝盛会，菩提宝相。无数更替的寒暑间，垂垂老矣的艺人是否亦曾想过，他日，自己一斧一凿，心魂所系的佛像亦可能湮灭无踪，仿佛从不曾存在……

我望着一尊尊荒圮残阙，已然无法分辨形容姿影的佛像，心想，灰灭必然，空无必然，但是，他日的虚化，无改于此时此际的一勾一勒，一笔一刃——那追求完美与极致的决心！

这是所有艺术家的宿命吧。艺术，或者，永无法如千万定义所一再揭示的“可以对抗时间，寻求不朽”。即若可能，那微乎甚微的概率亦仅属于“历史提篮中少数幸运的橘子”。篮外橘子腐去、馊去、烂为淤泥的，多过亿倍。

对于更多佚失篮外的艺术家而言，艺术，既非戈矛，亦非铠甲，它什么也无法对抗。既无法对抗时间、空间，亦无法对抗世界、现实，甚或周遭的悠悠众口。

它充其量只是对抗自我，完成自我的一种方式，一项具体而微，严整有序的自戕——解剖——缝合——复活的过程。

无论我们意图为它附加多少的目的、意义、借口（甚或误以为这些枝节即是艺术存在的唯一理由和服务范围）——皆无改于艺术的本质。它仍只是自己，只能是自己，如此罢了！主题、内容、定义、注释皆是。无数完美的价值容或仍在艺术追求的过程中有效抵定，但是，价值，属于射程；而射程，并非靶心，亦不等于射手。

泱泱的，在作者小小的版图、宇宙中，有宏伟的巨河，突梯陡峭的崖壁；有狂湍与激流，沙漠与雪暴，美丽与恐惧，悲伤与沉思……那个版图只是自己——敌方与邻国，灾星与救兵，射手与箭靶……皆只是自己。艺术，只是心灵迁移的过程中所谨慎构筑完成的一座座城堡。

当作者死亡，版图消失，城堡亦殒于无何有之乡，宛如流沙中的足印。

无疑地，时光可以“无”化一切，一如崖壁上屡经兵燹灾荒而幸存无几的伟大艺术。之于“不朽”，人类挥鞭鏖战逞力建构的浩大的工程，不过只是泥人泥偶之于洪水所作的脆弱防御。夸夸帝国，皎皎宫室，炜炜文明，皆如蚁丘一梦。一切有形、有体，隶属于物质、时空的，皆难免成、住、坏、空，皆难免于必然的“无”化。

能不“无”化的，唯有心灵本体，以及唯心自证的一段旅程。

这里，于版图偏僻的一隅，孤独的旅人出发了……

他以足趾按地，丈量过线段与面积，城堡与轮廓……并不怀有永生的期待，也不期许更多的寓居者、信仰者或崇祀者。只乞最后回眸一瞥——自千万道目光、千万座城堡纵深的剖面中，认出自己。这个“我”。

知识的流刑

拉奥孔（Laocoon）是荷马史诗《伊利亚特》中特洛伊城的祭司。当特洛伊子民载歌载舞争相牵引木马进城时，拉奥孔却以睿智洞彻希腊人“木马屠城”的阴谋，发出沉痛警告。刹那间，一条巨蟒自海中狂啸而出，将拉奥孔和两个儿子活活绞缠至死。这是诸神亡城之计，众人却因目睹拉奥孔反对木马进城受惩，而再也不敢出声质疑。于是，弦歌舞乐迎进死亡的木马……

公元前五十年，由三位巨匠——艾及山德洛斯（Agesandros）、波利德洛斯（Poly-dros）、阿瑟诺德洛斯（Athanodros）联合雕塑的作品《拉奥孔》，以戏剧性的手法，呈现了这暴力死亡的刹那：少年窕窈的躯体于巨蟒的纠缠中摆荡挣扎，宛如行将碎裂的春花……

于猝不及防的袭击中，拉奥孔的两名幼子，浮现惊恐栗怖的神情——一个晕眩阖目，身躯微微向后挺仰，脆弱的姿影，宛如一条潺潺小溪，渐渐熄灭青春的闪光，融入坡底晦黯的冥府。一个弯腰举腿，惊悚呼号，宛如裸身刀口的鹿子，绝望地想掰开缠绕脚踝的蛇躯而不能。

拉奥孔半跌半坐，支身搏抗。岗阜一般峥嵘踊跃的肌理于暴力的格斗中淋漓起伏，周身的青筋如飓风狂卷的枝桠穹窿暴走。如铁的左腕向下猛力掐扼腰部狰狞的蛇首，斫断的右臂向上奋勇曲张，消逝于无垠的虚空。

似盲未盲、痛苦圆睁的目眦，愤怒上仰，指向高空，指向漠然博弈、戏谑众生的诸神。曲扭的双唇，窒郁至喉骨间迸压出一缕听不见的嘶吼，不似呻吟哀祷，而更类于控诉诅咒。澎湃高举、睿智深思的额角，忧苦具现一名邈古的思考者，因了真理，因了智识与良知，而凌迟夷灭，沦为血牲的一幕。

特洛伊萎谢，殷红的城砦幻化为神话的温床。文明向前垦拓，凿开繁如蛛网的运河与铁道、街市与城乡。而拉奥孔苦难依旧，峥嵘着一双深思的眉眼，矗立于人类内在洪荒未凿的野蛮与黑暗中。巨蟒盘蜷，于人类文明的岔道上，嘶嘶吐信的红舌，吞噬过一代一代寂寞走过的拉奥孔……他，和他的孪生姊妹，以及子孙们！

这是“真理之狱”，也是智识与良知的流刑。于蛇躯间顽强搏抗的拉奥孔塑像，深深揭露人类“原罪”的主题，影射知识分子亘古以来不变的悲剧：人类之“罪”，在于吞下“智慧之果”，在于拥有神人共愤的真理与智慧，知识分子尤然。因为，他，具体彰显智慧之果最神秘璀璨的光华与尊严。而之于一般庸庸烝民，那颗果实不过是人参果之于猪八戒，一粒犹在体内长眠未醒的苗种，一只无疾而终，自肛门中排泄而出的阿堵物。

再一次，蛇扮演了关键的角色——它远离伊甸，走入神话，从诱惑者一跃而成为执行者。

再一次，智能之果发挥了致命的引力——只是，这一次，并未殃及人类全体，而独独指向少数几位洞达烛照，独拥真知的智者。

诸神谴责他（无论是“泛神论”的希腊神祇或“一神论”的耶和华），因为智者中心如镜，灵明觉照，能以只手揭引诸神的奥秘，凸显宇宙的真相，拨开层层笼罩人类命运的黑雾。同时，敢以一己的思维、理性、批判、质疑、挑战，颠覆所有既成的威权与体制。唯其如此，智者如鞭，强烈胁迫一切善于以独夫的姿态、一己的意志“统摄”人类的诸神或任何“神格化”的统治者。因为，一切的独裁（无论是政治、宗教的）最终所要求的，无非仅是一群矮化、奴化、“不问是非，听命于斯”的羔羊和顺民——圣经中，备受上帝眷宠的乔布，不啻是这类羔羊的典范：他的信仰如此之虔，乖顺如此之深，以致，上帝使他屠杀亲子，献于祭坛，他也不惜磨刀霍霍，血染双手……

生民厌憎他，因为那昂然不屈、睥睨威权、藐视俗世的姿态深深刺痛汹汹浊世赖以维系的“无知的幸福”以及“安全稳固的律法”。怠惰的习性，麻痹瘫痪的心智，使得莽莽烝民形同负轭的蹇驴，习于听命妥协，服膺任何“威权”“领导”的驾驭统摄。

之于这群羔羊，使用肉体，较之于使用头脑，来得更轻而易举。服膺浅薄的教条信仰，较之于呕心沥血，进行深度的思考批判更显得安全明智，也更符合现实利益。终其一生，这些多如马蝇蚊蚋的顺民与良民，在世界的各个角隅蹦跃繁衍，活活泼泼扮演着各种“神谕”“圣旨”“教条”“口号”“威权系统”或“传播媒体”的应声虫与吸血鬼。一群温良恭俭、唯命是从，可以令上帝（无论这上帝是形而上的抽象神祇，或形而下的政客、枭雄、报业大亨、宗教领袖、企业巨子或社运首领）随意驱之、赶之、抚之、呼之，沦为烹、煎、熬、煮的俎上之肉。

时空递移，历史递移，文明向前演绎出一连串科技的新界与巅峰……在人类更迭的舞台上，在文明美丽的假面下，依稀疑似、周而复始上演着雷同的人性悲剧：不同的人物角色，共同的剧目台辞，一样的蛮荒、怖栗，一样的酷虐、嗜血，一样的蠢蠢欲动、黑暗无知……

而心灵的黑暗，尤甚于任何的黑暗——

那样的未凿，甚于一切蓁莽丛丛。

那样的未启，甚于所有魑魅魍魉。

因了未凿与未启，“服膺律法”“听命驱策”的善良羔羊，于生死浊流烁灭轮回，扮演着苦难的播种者与刈收者，侵略者与受害者，刽子手与牺牲品……一切全然取决于命运将之置放于天平的哪一端。表面上，两者角色悬殊，遭遇迥异。本质上，却是各忠其主，相去无几。只要位置互换，情势逆转，两者皆将以等同的热情盲目去呼应、附和，去仇恨、侵掠，去屠戮、溅血……由于无知无明，他们不仅使得自己命如草芥，也使得他人和自己一样命如草芥。

寇贼与义民，压迫与受压迫……当变乱未起，他们多半一样勤恳正直，忠厚善良——然而，缺乏智慧，“善良”究竟为何物？所值几何？

德国全体人民，并非于纳粹统治期间，突然獠牙暴长，异化为一群嗜血渴血、恐怖迫害的邪魔；也并非于纳粹灰灭后，猝然又于一朝一夕完成内在的蜕变，心灵净化，返回忏悔赎罪的圣徒。十之八九的人，于这一段历史庞大的梦魇中，并无实质的改变，也并非撒旦附体。他们一如既往的善良、诚恳、勤奋、务实……凌晨七点，报童依旧扯着门铃将成叠的早报准确塞入门缝；超市依旧“哐啷”卷起铁门，列出当日贩卖的价标；对街的水果铺照旧依着颜色将水果整理成一座鲜丽动人的花圃；电车横冲直撞叮当鸣响，忽忽吐出大批工人、学童、主妇、上班族，吞入另一批……凌晨八点，学童列成纵队，拍手、唱歌、升旗，红扑扑的脸蛋映现明日壮丽的希望和信仰……一切一如既往，天空朗丽如昔。使得人类明显异化的，只是威权信仰的变革。

唯其拥有恒河沙数般为数广大，不分青红皂白，缺乏真知灼见，如此易于驾驭驱使，易于陷入“集体催眠”“集体崇拜”以及“集体癫痫”的可恨“良民”，使得人类的长河鲜血沸煎，枯骨盈积，成为一部自私、贪婪，集野蛮、偏见、暴力、仇恨、恐怖、屠戮等人性之瘤于一身的“血书”与“血史”。

一如二次大战，日本“进出”中国，日本全国忠贞纯洁的妇女无不膜拜顶礼，虔诚祝祷一己的良人、良将光荣凯旋，而不问战争的罪咎祸首，责任归属。刺刀上猫一般悬挂着异邦婴儿破碎濡血的残躯；雪白的刃口扬而复落，断下一颗颗同为人类，同样善良俭朴、诚谨敦厚的男女老少……他们是侵略者，而所有战后电影，无不哀哀强调军士的溅血鏖战、悲壮伟烈，以及百姓的忍辱牺牲、悲辛苦难，俨然日本上下才是真正的受难者。及至战后五十年，日本政府人民，仍然一心一德，基于某种奇异的“尊严”和“耻感”，意图消抹历史，拒绝承认日军在南京的暴行屠杀；同时，宛如一个无赖无辜的三岁幼儿般，要求美国为广岛原爆所酿成的人类浩劫致歉——日本影像大师黑泽明导演的电影《八月狂想曲》堪称此类心态的表演。回顾历史，意图披沙沥金，寻找人类更高的规范与指引、道德与成长，毋宁是值得肯定的。但是，胭脂水粉，迷妄颠倒，化妆尸体，如许的“检视”方法，无非进一步地模糊、迷离了镜中颜面，不啻“于历史的回顾中，频频向前跌倒”。

一位慷慨的死士，情操固然令人喝彩赞叹，但是，缺乏智慧相佐，那人的行径将与屠夫无二。

良善无价，但是，如若缺乏真实之智，则集体的美德亦可能演变为集体的暴行。美德愈深，暴行愈酷……

一个温良勤俭的族群，基于风俗迷信、宗教崇祀，亦可能年复一年上演河伯娶亲、处女血牲或林林总总酷虐非人的仪式，以最虔敬、庄严的神态。

不会由于单纯的“良善”与“真诚”而减少杀伤力和毁灭性——一名纯真的赤子扣动扳机，子弹照样射穿大脑；一位秉性淳厚、满怀善意的成人，走入核电厂，在无知的引领下，随意拨动按钮，亦可能灰飞烟灭，酿成世纪的浩劫。

> 这个世界上的人想要做的是善事。我却建议他们不要去求善，而当求真；“真知”的一小部分，就比他们累积的一切善，都要更善。

……黄沙疾卷，古阿拉伯瑰丽的落日如一朵神圣的光轮笼罩着智者曼修·艾尔海拉的岩穴。渗入罅隙的光线一点一点荧光一般幽微映照着他踟跌思维的形影。他的思想如鹰一般拍振着双翼，攀升得极高、极远，于红日落入黄沙的顷刻，捕掠住它核心之处的奥义。

他披着潦草粗厚的羊毛，赤脚走入灼烫的黄沙之域，向骆驼，以及骆驼上的旅者，宣说这置于太阳核心的真理之音。前者湿润着一双蒙眬赤裸的大眼，俯耳倾听；后者挥着长鞭，勃然大怒，目为渎神——真的，关于真理，一个人不见得较之于一匹骆驼聪明更多。

最终，曼修被带入汹汹环伺的群众之中，被控以悖教和异端之罪。愤怒的群众先是以刀斧斫断他的双手，继之，掷以如雹的石块。凌迟缓缓延续，如一场华丽不谢的嘉年华庆典。幕落时，一缕缕鲜血红绸般披挂于殉道者狼藉残缺的尸骸。

“此世，可还有一种植物，较之于‘真理之花’更为渴血！”隔着迢遥的时空，凝封于大理石中的拉奥孔，望着曼修狼藉的血肉，发出垂悯的叹息。“智识”与“良知”使得他们沦为天赋的受难者，一对心灵的孪生兄弟，命定以不屈的意志、血肉，与命运、历史，与“不可能”负隅顽抗。

之于浑噩众生，命运，如黑幕，幽暗混沌，难以凿穿……唯当绞链滑动，刀斧落于颈项，方才意识到自身面临的悲剧，犹如牵引木马的特洛伊子民一般。之于拉奥孔、曼修，以及这类的智者，宇宙，以及宇宙涵摄的诸相；人类，以及人类铺叠堆构的历史，脉络纵横，纤毫丝发，皆如水晶般透明晰微……唯其先知先觉，如占卜预言者般敏锐精确，以致痛感更深，较诸生民更早觉知断头台前沉沉的焦迫。

在历史暴乱的湍流中，这批不幸的精英，注定成为一群逆流而上、痛楚悬摆的裸鱼。怒涛擎天，挥着千刀万刃，他们去皮剥鳞，濡满鲜血，冀图以叛逆、矢命的一跃，更改那无可更复、已然泛滥肆虐的航道。

穿过层层坚硬顽钝的岩床，蚀催过重重无明的人性基底，裸鱼们夜以继日，以自身的鲜血，于地心最远至深之处，灌溉出一朵孤独、璀璨、恒如日月的皎洁花絮。唯有那流着鱼族血液的，始能以等同的果敢睿智，穿越重重岩砦，于万千伏流之后，唤醒那旷莽熟悉的回忆，瞭望到这无上初始的绽放。

而盲瞽愚痴，在二十世纪倒数最后几年，人类历史，依旧只是一页血的遗书……仇恨、侵略、歧视、杀戮……在塞尔维亚——波斯尼亚集中营中，我们悚然嗅闻到纳粹积淀的血迹。在黑色陆块暴起的枪声，我们瞿然窥见人类百世纪来苦难的源头……仇恨、侵略、歧视、杀戮，河道迂回婉转，一个湍头，轮回着另一湍头的黑暗、暴乱、恐怖——

我想起关于智者曼修受戮时的一段简短记载：

伟大的教师与殉道者，曼修·艾尔海拉，镣铐缚系，被带至市集群众之中……

当他的双手被砍断的时候，他没有痛苦的表情。

群众用石块投掷。血肉模糊，他没有痛苦的表情。

但当他的朋友，一个苏菲导师走到他的跟前，用一朵花拍打他的时候，他大叫起来，似乎极痛。

那是因为那些自以为是，无知的人，无论怎么做都伤害不了他。而那了解他的人，知道他的人，和他一样的人，因为知道他受到不公的待遇，轻轻的触抚就让他痛不可当……

初春的二月，我翻着膝上的画册，乍乍绽放的十一株山樱，绕着身后，浮染成一片嫣红的粉彩，为曼修着墨无几的记载赋予了无限丰饶的魔力，我的脑海回旋带一般，跌宕回转，一遍一遍，执拗盘桓着那一朵花无名的形影，以及那谜一般使泰山为之崩塌的轻轻一触。依风翻飞的春樱，一朵一朵照着阳光，委婉散落画册，在拉奥孔岗阜一般峥嵘巍峨的躯干上，寂静拓下一层淡微的血泪。

我仰起头，入神驰想着一个遥远的市集：石灰岩裸着死白的双肩荒凉地守候，空气终久稠结着一股灼热的黄土与灰烬。黑乎乎的壶嘴正于炉灶间汤汤滚沸。杯口“哐当”碰着杯口，野薄荷混着炭气蛇一般悠悠穿梭于方场，凛冽的香气掺着丝丝的腥甜，丝丝的苦。

“痛，极痛！”面无表情，麻木于一切苦刑凌虐，无视于所有讪笑辱蔑，濒危欲死，渐渐失去知觉的殉道者曼修·艾尔海拉，勉强睁开血痕交错、淋漓恐怖的眼睑，望着这因了拥挤曲扭，因了鲜血的濡染吮噬，和他一样显得血肉模糊，分不清颜色和形状的小小花絮。

她那温柔的姿态奇异地撞着伤口，撞着他心灵深处最柔软、深沉的部分……

他深深凝视那朵残缺的花瓣，宛若凝视恋人无上的容颜。

“痛，痛极！”静静地，曼修垂下首来，安然阖目。

并不寂寞，我想象着，在春樱蒂落的二月……那一朵脆弱之花，足以对抗一整个纪元浩瀚的血腥与暴行，而那三双执握雕刀的手，各以灵智，映现此花的一絮一叶。